Anja Fröhlich

# Wir Kinder vom Kornblumenhof

## Zwei Esel im Schwimmbad

Band 2

Mit Illustrationen von
Ulla Mersmeyer

Ravensburger

Bibliografische Information der Deutschen Nationalbibliothek:
Die Deutsche Nationalbibliothek verzeichnet diese Publikation
in der Deutschen Nationalbibliografie.
Detaillierte bibliografische Daten sind im Internet
über *http://dnb.d-nb.de* abrufbar.

MIX
Papier aus verantwortungsvollen Quellen
FSC® C111262
FSC
www.fsc.org

3 5 6 4


Postfach 2460, 88194 Ravensburg

Umschlag- und Innenillustrationen: Ulla Mersmeyer
Logogestaltung: Anna Rohner & Ulla Mersmeyer
Lektorat: Jo Anne Brügmann



Printed in Germany

ISBN 978-3-473-40316-5

www.ravensburger.de

# Inhalt

1

# Sieben Zeigefinger und vier Eselohren

Auf dem Kornblumenhof gibt es genau sieben Kinder, sieben Erwachsene, und sieben Ferkel – und haufenweise andere Tiere. Und damit meine ich nicht nur die Ameisenhaufen hinter dem Kompost.

Wenn es eine große Familienkonferenz gibt, sind allerdings nur Menschen eingeladen. Außer vielleicht Pavarotti und Flokati, unsere beiden Zwergesel.

Sie dösen dann in ihren Hängematten genau neben unserem riesigen Gartentisch. Und in diesem heißesten Sommer aller Zeiten dösten sie dort rund um die Uhr.

Henry hatte die Familienkonferenz für Sonntag nach dem Ausschlafen einberufen, denn er wollte uns allen etwas Wichtiges mitteilen. Leider war jedoch jeder zu einer anderen Uhrzeit ausgeschlafen und Henry als Allerletzter. Papa fand, Henrys Mitteilung könnte ja nicht besonders wichtig sein, wenn er sie verpennte. Mein Bruder zog die eine Hälfte seiner Oberlippe hoch und legte seinen Eckzahn frei – so wie Pavarotti, wenn er vollste Verachtung ausdrücken will. Aber dann hielt er eine Rede über das Wort „Demokratie". Den Ausdruck hatte er wohl gerade in der Schule gelernt.

„Demokratie bedeutet, dass bei großen Entscheidungen alle mitbestimmen dürfen. Egal wie wenig Macht sie sonst haben oder wie arm sie sind. Und wir leben hier in einer Demokratie! Das ist unser ganz großes Glück, versteht ihr?!"

Alle nickten dieses Komm-zur-Sache-Nicken. Denn es war allen klar, dass Henry uns ganz bestimmt nicht einfach so aufsagte, was er in der Schule gelernt hatte. Allen außer unserer Cousine Katharina.

„Das gilt aber leider nicht für Kinder", sagte sie.

„Demokratie ist erst ab achtzehn. So wie Horrorfilme oder Heiraten."

Da zog Henry die andere Seite seiner Oberlippe eselmäßig nach oben und strafte sie mit einem dieser Blicke, die auch aus einem Horrorfilm stammen könnten. Dann sagte er: „Also, lange Rede, kurzer Sinn: Ich schlage vor, dass wir eine demokratische Abstimmung machen. Und zwar darüber, ob wir diesen Sommer endlich ein Schwimmbad bauen!"

„Au ja!", kreischte Lolli sofort los. „Und dann bauen wir noch eine Rutsche vom Baumhaus direkt ins Wasser. Nur für Mädchen!"

Papa zog seine Augenbrauen fast bis zu den Haaren hoch. Das war kein besonders gutes Zeichen. „Gute Idee!", sagte er in einem überhaupt nicht guten Ton. „Und die Kosten für diesen Pool werden natürlich auch von allen getragen!"

Henry schien auf diesen Einwand gewartet zu haben. „In einer Demokratie müssen nur diejenigen zahlen, die auch Geld haben“, erklärte er grinsend. „Die anderen sind befreit!“

Jetzt machten ein paar von den Erwachsenen Eselgesichter.

Doch bevor die Schwimmbad-Gegner zu Wort kommen konnten, wollte Henry auch schon abstimmen. „Wer ist also dafür, dass wir gleich morgen anfangen?“

Sieben Zeigefinger schnellten in die Luft, plus vier Eselohren, die aus den Hängematten ragten. Dabei sind Pavarotti und Flokati eigentlich wasserscheu.

Von den Erwachsenen meldete sich niemand außer Opa Johannes, der brummend und kopfschüttelnd seine runzelige Hand hob. Er ist immer auf unserer Seite, weil er findet, Kinder sollen so viel Spaß haben, wie es nur geht. „Die Kindheit geht viel zu schnell vorbei“, sagt Opa immer. „Und später hat man nie mehr diese Sorte von Spaß, die nur Kinder haben können.“

Papa sieht das etwas anders. Er meint, wenn man Kinder zu viel Spaß haben lässt, dann glauben sie, das Leben wäre ein Witz. Ich würde sagen, Opa hat einfach mehr kapiert als Papa. Na ja, er ist ja auch schon ein paar Jahre länger hier auf dieser Welt.

„Wenn Karoline nicht ihren Mann vergrault hätte, dann wären die Kinder hier nicht immer in der Überzahl!“, grummelte Papa.

Tante Karoline fand das gar nicht lustig.

Man muss dazu sagen, dass die Erwachsenen auf dem Kornblumenhof alle verheiratet sind. Alle bis auf Tante Karoline.

„Tante Karoline ist Single“, bemerkte Lolli im Ätschi-Bätschi-Tonfall.

Und Katharina meinte, es müsste eigentlich Singel*in* heißen.

„Ja genau, und du bist eine Besserwisser*in*!“, knurrte ihr Zwillingsbruder Karl-Phillip.

Gleichzeitig erfand Lolli eins von ihren nervigen Miniliedern. „Singelingeling, hier kommt der Eiermann!“

Obwohl Tante Karoline angeblich sehr gerne Single ist, kann sie es nicht ausstehen, wenn darüber geredet wird. Und blöde Single-Witze oder Lieder mag sie schon mal gar nicht. Sie presste den Mund zusammen, sodass ihre Lippen aussahen wie zwei dünne Regenwürmer. Wer weiß, vielleicht hätte sie sogar *für* das Schwimmbad gestimmt, weil sie nämlich eine tolle Schwimmerin ist. So aber schwieg sie den Rest des Morgens und wir Kinder mussten Schwerstarbeit leisten, um noch den einen oder anderen vom Schwimmbadbau zu überzeugen. Denn Demokratie hin oder her – am Ende mussten diejenigen einverstanden sein, die die meiste Arbeit in die Sache stecken würden.

Den besten Grund für einen Pool lieferte schließlich Lolli. Denn sie brauchte immer noch Schwimmflügel. „Wenn ich nicht schnell schwimmen lerne, bin ich nächstes Jahr in der Schule ein Draußenseiter und muss draußen bleiben", erklärte sie mit verschränkten Armen und zog ihre berühmte Lolli-Schnute.

„Außenseiter heißt das, und in deinem Fall Außenseiter*in*", murmelte Katharina leise. Sie konnte es einfach nicht lassen.

Schließlich war der Bau beschlossen. Nur die Rutsche wurde gestrichen.

„Man muss sich immer ein bisschen mehr wünschen, als man wirklich haben will", flüsterte Henry mir ins Ohr. „Damit die Erwachsenen auch etwas zum Verbieten haben. Dann fühlen sie sich besser.“

Ich nickte. Allerdings hätte ich diese Baumhausrutsche sehr gerne gehabt!

## 2

# Lolli macht Heiratspläne

Am Nachmittag setzten Sofia und ich uns mit einem Glas frischer Zitronen-Minze-Limonade an den Gartentisch. Alle waren vor der Hitze in die Häuser geflüchtet. Dabei war es so schön hier draußen. Ein leichter Wind streichelte über die Wiesen und die prall gefüllten Hängematten schaukelten leise vor sich hin. Bestimmt machen Pavarotti und Flokati ihren Mittagsschlaf, dachte ich und Sofia muss sich etwas Ähnliches gedacht haben. Jedenfalls erschraken wir beide fast zu Tode, als plötzlich eine Stimme aus dem Inneren der einen Hängematte zu hören war.

„Weißt du, ich werde immer so komisch angeguckt. Wie ein Sonderling."

Ich sah zu Sofia, die mit ihren weit aufgerissenen Augen auch aussah wie ein Sonderling. Kein Wunder, denn entweder hatte einer der Esel sprechen gelernt – und zwar mit derselben Stimme wie Tante Karoline – oder Sofias Mutter schaukelte da im Sommerwind und plapperte peinliches Zeug vor sich hin.

Und dann sprach plötzlich auch der Inhalt der anderen Hängematte. Und zwar mit der Stimme von Mama.

„Manchmal glaube ich ja, du wünschst dir insgeheim doch einen Mann, so gereizt wie du immer auf das Single-Thema reagierst."

Danach schaukelten die Matten wieder stumm vor sich hin, so als wäre nichts gewesen. Sofia und ich saßen da und trauten uns kaum zu atmen. Besonders Sofia schien vor Schreck ganz starr zu sein. Schockgefroren, wie das junge Gemüse aus der Tiefkühltruhe. Und das bei dieser Hitze!

„Echt jetzt?!", war plötzlich wieder aus der ersten Hängematte zu hören. „Ich kann nicht glauben, dass meine eigene Schwester unter die Spießer gegangen ist. Seit wann braucht eine Frau einen Mann zum Glücklichsein?"

Aus der anderen Hängematte war ein Stöhnen zu hören. „Ich rede nicht über irgendwelche Frauen. Ich rede von meiner kleinen Schwester, die ich zufällig besser kenne als jeden anderen Menschen auf dieser Welt!"

Lustig, dass Mama Tante Karoline immer noch

kleine Schwester nennt, obwohl sie inzwischen größer ist als Mama. Ich stellte mir vor, wie Lolli und ich auch eines Tages in diesen Hängematten schaukeln und über wichtige Sachen im Leben reden würden. Zu gerne hätte ich den beiden noch ein bisschen zugehört, aber Sofia schien langsam wieder aufzutauen und machte Zeichen, dass wir verschwinden sollten.

Wir nahmen unsere Gläser und schlichen auf Zehenspitzen in Richtung Scheune. Dort drin öffneten wir die Tür zu unserem Baumhaus, zu dem außer uns nur Lolli und Katharina einen Schlüssel haben. Die Tür führt ins Innere der alten Eiche, die direkt neben der Scheune wächst und hohl ist. Die Eiche ist so dick, dass Opa Johannes uns eine Wendeltreppe hineinbauen konnte. Und das Baumhaus ist ein richtiges kleines Haus mit einem Dach, Fenstern und einer Terrasse. Sogar Strom gibt es da oben. Zu Sofias Geburtstag haben Papa und Opa noch ein Stockwerk oben draufgesetzt. Jetzt kann man sogar im Baum übernachten.

Wir ließen uns auf das kleine Baumhaussofa plumpsen und holten erst mal wieder Luft. Auf dem

Tisch lag Samanta, die einzige Hofbewohnerin, die es auch ohne Schlüssel zu uns ins Baumhaus schafft. Mit den messerscharfen Krallen, die in ihren Samtpfoten stecken, kann sie jeden Baum hinaufklettern.

„Manno“, sagte Sofia. „Meinst du etwa auch, dass meine Mama einen neuen Mann braucht?“

Ich zuckte mit den Schultern. „Keine Ahnung“, sagte ich. „Wir brauchen doch auch keine Männer!“

„Aber als Papas sind sie manchmal nicht übel. Und als Opas sind sie richtig gut.“

„Na ja, es gibt solche und solche“, gab ich zu bedenken.

Sofias Papa ist eigentlich auch sehr nett. Aber irgendwie war er mit seiner Allergie gegen Blüten und seiner Angst vor Spinnen nicht besonders bauernhofgeeignet. Er wohnt lieber in der Stadt und hat jetzt eine neue Frau mit Stöckelschuhen und einer Frisur voller Haarspray. Gegen das ist er komischerweise nicht allergisch.

„Weißt du, was toll wäre? Wenn unser Sportlehrer sich in deine Mama verlieben würde. Der tolle Herr Kolibri“, sagte ich.

Kaum hatte ich den Namen ausgesprochen, war

ein gedämpftes Kreischen zu hören. Und dann sprang plötzlich der Deckel von der Truhe auf, in der wir bei Regen immer die Terrassenkissen aufbewahren. Herausgesprungen kam ein Teufel mit hochrotem Gesicht in Gestalt von Lolli.

„Herr Kolibri?“, schrie sie. So als hätten wir vorgeschlagen, Tante Karoline sollte Dracula heiraten. „Kommt gar nicht in Frage!“

Samanta war vor Schreck vom Tisch gesprungen und durch das offene Fenster auf einen Ast geflohen.

„Hast du dich etwa versteckt und uns belauscht?“, fauchte Sofia Lolli an.

„Hab ich nicht! Ich war nur zufällig in der Kiste eingeschlafen.“

Sofia verdrehte die Augen. „Alles klar! Du legst dich bei dieser Affenhitze freiwillig in eine stickige Truhe, um einen Mittagsschlaf zu machen.“

Lolli sah verschwitzt aus und ich reichte ihr mein Glas Limonade. „Hier, trink erst mal einen Schluck. Und dann kannst du dich entschuldigen und uns erklären, was du gegen Herrn Kolibri hast.“

Sie trank das ganze Glas aus, ohne abzusetzen. „Gar nichts“, schnaufte sie schließlich. „Ich habe nix gegen den. Aber *ich* will den heiraten. Das ist *mein* Mann!"

Sofia und ich fingen an zu lachen.

„Herr Kolibri ist ungefähr dreißig Jahre älter als du! Wenn du alt genug bist, um zu heiraten, ist er alt genug, um Opa zu sein", sagte ich.

„Na und? Ihr habt doch selbst gesagt, als Opas sind sie am besten! Ihr werdet schon sehen."

# 3

# Henrys geniale Idee

In den nächsten Tagen waren wir nach der Schule alle mit dem Bau des Schwimmbads beschäftigt. Papa hatte eine riesige Baggerschaufel vor den Traktor gespannt und ein Loch gegraben, das fast so groß war wie ein kleines Haus. Genau genommen hatte es die Größe von Omas und Opas Hutzelhaus – also wenn jemand dieses kopfüber in den Boden gerammt hätte. Und das Loch hatte auch genauso krumme Wände. Omas und Opas Haus ist übrigens ein paar hundert Jahre alt. Damals müssen die Menschen noch Zwerge gewesen sein – so klein, wie es ist. Als es gebaut wurde, sind die Zwischenräume zwischen den krummen Balken, die es zusammenhalten, übrigens mit Kuhfladen verputzt worden. Aber das ist eine ganz andere Geschichte.

„Was soll das denn werden?“, wollte Henry wissen, als Papa mit dem Baggern fertig war. „Ein Krüppel-Pool?“

„Das wird ein Naturschwimmbad", erklärte Papa feierlich. „Da kommt jetzt eine Folie rein, die alles abdichtet. Und dann das Wasser. Den Rand können wir mit Schilf bepflanzen."

Nun redeten alle durcheinander, denn jeder hatte eine andere Meinung zu diesem Natur-Pool.

„Was, so ein modriger Tümpel? Mit Wasserratten und Kaulquappen?", protestierte Tante Bianca.

Sofia schwärmte zur gleichen Zeit von Seerosen und Entenbabys.

Und Mama meinte, sie hätte sich mal etwas ganz Sauberes gewünscht, bei all dem Dreck, den sie jeden Tag wegmachen müsste. „Einen blitzeblanken Pool mit hellblauen Kacheln und glasklarem Wasser!"

„Darf ich darin auch angeln?", fragte Karl-Phillip.

Das wiederum fand Lolli schrecklich. „Da sollen aber keine Fische rein, nur damit Karl-Phillip sie wieder rausholen und totmachen kann!", schrie sie.

Papa meinte, über die Bewohner des Beckens könnten wir gesondert abstimmen. Aber die Plane wäre schon gekauft. Und weil wir so schnell wie möglich ins Wasser wollten, egal wie krüppelig das

Ufer war, halfen alle, die riesige Gummihaut in dem Loch auszubreiten.

Alle außer Mama, die immer noch lieber einen blitzeblanken Pool gehabt hätte, und die statt zu helfen uns Kindern mit Sonnenmilch und Sonnenhüten hinterherlief.

Jedenfalls war mächtig etwas los auf der Baustelle. Das große Gewimmel wollten sich auch unsere Tiere nicht entgehen lassen. Am Ende war das riesige, unförmige Gummiloch umringt von Schaulustigen. Darunter zwei zähnefletschende Zwergesel und sieben Jungschweine, von denen eins Lollis Hut auf dem Kopf hatte.

„Wer hat denn jetzt wieder die Schweine rausgelassen?", rief Mama. „Und wieso trägt Frau Müller Lollis Hut?"

Tatsächlich hatte meine Schwester ihren ungeliebten Sonnenhut über Frau Müllers Glatze gestülpt. „Sie trägt den Hut, weil sie sonst einen Sonnenstich bekommt. Ich bin ihre Mama. Ich muss auf sie aufpassen!", sagte sie.

Sofia und ich kicherten. Jedes von uns Kindern hatte ein Pflegeschwein bekommen, als Fräulein Stinkewitz nach der Geburt der Ferkel eine Zitzenentzündung bekommen hatte und den Kleinen keine Milch mehr hatte geben können. Aber das war jetzt schon viele Wochen her und Frau Müller war inzwischen älter als Lolli. Jedenfalls in Schweinejahren gerechnet.

„Und ich bin *deine* Mutter. Und Tierärztin noch dazu", erklärte Mama und riss Frau Müller den Hut wieder vom Kopf. Dann sah sie sich die beiden Löcher an, die Lolli in das Ding geschnitten hatte, um Platz für die Schweineohren zu schaffen.

Mama wird nur selten wütend, aber das blöde Naturbad und die Hitze hatten sie wohl weich gekocht. Jedenfalls lief sie auf Lolli zu und zog ihr den kaputten Sonnenhut ziemlich unsanft über den Kopf. „Hier bleibt der jetzt bis zum Ende des Sommers sitzen!“, rief sie.

Abends ging ich zu Henry. Er hat ein Zimmer unter dem Dach, wo es im Sommer immer besonders heiß ist. Angeblich, weil die Hitze im Haus nach oben steigt und dann unter dem Dach hängen bleibt wie eine dicke heiße Wolke.

Henry grübelte über seinen Mathehausaufgaben und in seinem Kopf schien die Hitze auch hängen geblieben zu sein. Er war jedenfalls knallrot.

„Musst du so spät noch Hausaufgaben machen?“, fragte ich ihn.

„Ja, muss ich. Sonst noch Fragen?“

Ich überlegte, wie ich einen guten Übergang zu Tante Karoline und Herrn Kolibri hinbekam. Aber es fiel mir einfach keiner ein.

„Findest du auch, dass Tante Karoline einen Mann braucht?“, fragte ich schließlich einfach drauflos.

„Hä? Wie bist du denn drauf?“, fragte Henry. „Wirst du jetzt etwa so eine Psycho-Tante?“

Den Spruch fand ich ganz schön blöd. Zumal ich nicht genau wusste, was eine Psycho-Tante war. Vielleicht eine Verrückte? Oder eine, die ihre Nase zu tief in die Gefühle anderer Leute steckte? Jedenfalls steht „Tante“ bei Henry immer für etwas Blödes, obwohl unsere eigenen Tanten toll sind.

„Hast du miese Laune!“, sagte ich.

„Welchen Mann hast du denn für sie ausgesucht?“, fragte Henry.

„Herrn Kolibri, wenn du es genau wissen willst.“

Da verschwand das spöttische Grinsen aus Henrys Gesicht. Stattdessen zog er die Augenbrauen zusammen, als müsste er eine besonders schwere Matheaufgabe lösen. „Gar keine so schlechte Idee“, sagte er.

Herr Kolibri war in der Grundschule Henrys Turnlehrer gewesen. Mama meint sogar, er war Henrys Turn-Gott. Weil Henry wochenlang nur Handstände und Purzelbäume trainiert hatte, statt Buchstaben und Zahlen.

„Und, hast du schon einen Plan?“

Ich schüttelte den Kopf. „Hast du vielleicht einen?“

Obwohl Henry schlecht in Mathe ist, kann er ruckzuck auf gute Lösungen kommen. „Frag ihn doch einfach, ob er Lolli in den Sommerferien das Schwimmen beibringt. In unserem neuen Pool“, sagte er. Dann radierte er wieder in seinem Heft herum, dessen Seiten vom vielen Verbessern schon ganz dünn und knitterig waren.

„Daaaanke!“, rief ich. „Das war die beste Idee aller Zeiten!“

Ich rannte zu Sofia, die genauso begeistert war. Lolli brauchte ich wohl gar nicht erst zu fragen. Und Tante Karoline natürlich auch nicht. Denn für sie sollte das Treffen mit Herrn Kolibri ja eine Überraschung sein!

4

# Der tollste Lehrer der Welt

Am letzten Schultag kurz vor der Sportstunde waren Sofia und ich nicht mehr ganz so begeistert von unserer Idee. Was, wenn Herr Kolibri nein sagte? Bestimmt hatte er in den Ferien etwas Besseres vor, als einem Kindergartenkind das Schwimmen beizubringen. Vielleicht würde er unsere Frage so richtig blöd finden! Plötzlich wollte keine von uns diejenige sein, die sie aussprach.

Schließlich einigten wir uns darauf, dass wir beide zusammen fragten. Gleichzeitig. Und damit sich das nicht zu bescheuert anhörte, übten wir in der Pause auf der Mädchentoilette. Wir schlossen uns in einer Kabine ein, zählten bis drei und sagten im Chor: „Hätten Sie vielleicht Lust, Lolli

Schluckewitz in den Ferien das Schwimmen beizubringen?"

„Warum müsst ihr ausgerechnet Schluckewitz heißen!", stöhnte Sofia.

Doch bevor wir uns einen besseren Satz ausdenken konnten, klingelte es auch schon. Wir flitzten in die Umkleide und zogen im Eiltempo unsere Turnsachen an. Schließlich wollten wir als Erste in der Halle sein, um nicht auch noch Zeugen zu haben. Mit offenen Schnürsenkeln stolperten wir auf den armen Herrn Kolibri zu.

„Eins ... zwei ... drei!", keuchte Sofia. Und dann platzten wir mit unserer Frage heraus. Doch weil wir so außer Atem waren, schafften wir nur ein einziges Wort wirklich gleichzeitig auszusprechen. Und das war „Schluckewitz".

Herr Kolibri grinste. „Ich habe euch zwar nicht ganz genau verstanden, aber ich nehme mal an, es geht um Leben und Tod", sagte er.

„Die spinnen!", erklärte Linda, die uns gefolgt sein musste und inzwischen neben Herrn Kolibri stand.

Als ich mich umsah, bemerkte ich auch die vielen anderen aus unserer Klasse, die bereits da waren.

„Die gehen sogar zusammen aufs Klo, um diesen komischen Satz zu sagen“, erklärte Linda weiter.

Am liebsten wäre ich im Boden versunken.

Aber Herr Kolibri wäre nicht der tollste Lehrer der Welt, wenn er uns aus diesem Schlamassel nicht wieder herausgeholt hätte. Allerdings erst fünfundvierzig elende Minuten später, als er am Ende der Stunde verkündete, alle könnten schon mal gehen – außer Sofia und mir. Denn schließlich müssten wir ja noch über unsere Ferienmission sprechen. Da ging ein ziemliches Getuschel los. Übrigens glaube ich, dass nicht nur Lolli Herrn Kolibri gerne heiraten würde, sondern auch die Hälfte der Mädchen in unserer Klasse.

Als wir an diesem Tag nach Hause kamen, war der Pool fertig. Er sah aus wie ein kleiner See und Papa hatte sogar einen Steg gebaut, von dem aus man mit Anlauf ins Wasser springen konnte. Auf dem Wasser schwammen Seerosen, so wie Sofia sich das gewünscht hatte. Keine Ahnung, ob unten am Grund auch Forellen herumdümpelten. Jedenfalls paddelte zwischen den Seerosen Lolli. Sofia und ich zogen unsere Badeanzüge an und sprangen ebenfalls hinein.

„Hey Lolli, rate mal, wer dich am Dienstag besuchen kommt, um dir das Schwimmen beizubringen!", rief ich.

„Ich kann schon schwimmen!", rief sie zurück.

„Ja, aber dann kannst du es ohne Flügelchen."

Als sie hörte, dass Herr Kolibri persönlich und extra nur für sie hier erscheinen würde, ging sie selbst mit Flügelchen beinahe unter.

Etwas später kam auch Henry aus der Schule, und es gab einen leckeren Nudelsalat mit Tomaten, Mozzarella und Basilikum. „Nur aus handgepflückten und handgemolkenen Zutaten“, erklärte Papa.

Zum Nachtisch wollten Mama und Papa dann einen Blick in unsere Zeugnisse werfen. Mein Zeugnis war ganz gut, während es auf Henrys Zeugnis auf und ab ging. Der Tiefpunkt war eine Fünf in Mathe.

„Das hole ich nächstes Schuljahr wieder auf“, erklärte er und ließ das Zeugnis schnell wieder in seinem Ranzen verschwinden.

„Oder du holst es noch *vor* dem nächsten Schuljahr auf“, erklärte Mama.

„Hä, wie soll das denn gehen?“ Henry sah Mama an, als wäre sie diejenige, die nicht gut rechnen könnte.

„Du kannst doch jetzt in den Ferien lernen. So wie ich Schwimmen lerne“, rief Lolli.

Papa und Mama nickten.

„Danke!“, zischte Henry in Lollis Richtung.

„Vielleicht finden wir ja jemanden in deiner Klasse, der dir ein bisschen hilft“, sagte Mama mit ihrer berühmten Samt-Stimme. „Einen, der das richtig gut kann. Dafür würden wir auch gerne bezahlen."

„Das wäre ja noch schöner!", schrie Henry. „Der Einzige, der den Durchblick hat, ist dieser blöde Abraxas. Und bevor ich mir von dem was sagen lasse …"

„Na ja, ganz so blöd kann er ja nicht sein, wenn er den Durchblick hat", bemerkte Papa.

Das Ende vom Lied war, dass Herr Dinkelacker angerufen wurde. Den hatte Tante Karoline mal empfohlen. Ihrer Meinung nach ist Herr Dinkelacker der beste Mathelehrer der Welt …

5

# Eine zweite Chance für Abraxas

Trotzdem stand am nächsten Tag plötzlich Abraxas bei uns auf dem Hof. Sofia, Katharina, Lolli und ich konnten vom Baumhaus aus beobachten, wie er auf seinem elektrischen Fahrrad angerauscht kam. Von dort oben hat man die beste Aussicht auf alles, was auf dem Hof passiert. Ganz ohne gesehen zu werden!

Abraxas hing auf seinem Bananensattel wie auf einem Motorrad. Am Lenkrad baumelten Lederbändchen und auf dem Schutzblech stand ein kleiner Adler aus Metall. Janik erwartete ihn schon neben der Scheune.

„Psst!“, zischte ich den anderen zu.

Sie waren auf der Stelle still. Nur die vier Hühner,

die wir heute mit ins Baumhaus genommen hatten, konnten nicht den Schnabel halten. Malefiz, Monopoli, Risiko und Bingo durften den Nachmittag mit uns dort oben verbringen. Mama meinte nämlich, die vier hätten in letzter Zeit ein bisschen viel Stress gehabt, weil Mensch-ärger-dich-nicht gestorben war, unser Hahn. Angeblich mussten sie deswegen eine neue Hackordnung untereinander ausmachen. Wir dachten, so ein Mädelsnachmittag würde ihnen guttun und ihnen zeigen, dass man auch ohne Hackordnung klarkommt. Tatsächlich waren sie ganz brav. Abgesehen davon, dass sie die ganze Zeit gackerten und nicht stubenrein waren.

„Das ist doch der Junge mit dem Ringelschwänzchen, der mal ein Ferkel von uns mopsen wollte!“, flüsterte Katharina.

Tatsächlich hatte Abraxas seine Haare im Nacken zu etwas zusammengebunden, das einem Schweineschwanz ziemlich ähnlich war.

Abraxas und Janik redeten etwas zu leise, um jedes Wort zu verstehen. Es klang jedoch so, als wollte Abraxas Janik besänftigen.

„Ach Quatsch, das hast du ganz falsch verstanden“, hörte ich ihn sagen. Oder: „Alles easy, wirst schon sehen!“

Dann kam Henry plötzlich auf die beiden zugerannt. Und von dem Moment an konnten wir alles viel besser verstehen.

„Was willst du denn hier, du Affe mit deinem Bananensattel?“, rief er. „Ich dachte, wir hätten geklärt, dass du dich hier nicht mehr blicken lässt!“

„Hey, beruhige dich“, antwortete Janik. „Ben ist nur meinetwegen hier. Er gibt mir Mathenachhilfe.“

Henry war wohl nicht der Einzige, der eine Fünf in Mathe hatte. Und Mama nicht die Einzige, die auf diese Nachhilfe-Idee in den Ferien gekommen war. Seltsam war nur, dass Janik Abraxas als Lehrer ausgewählt hatte. Und dass der plötzlich wieder Ben hieß. Na ja, Abraxas ist schließlich auch ein beknackter Name. So kann man höchstens eine Krähe nennen oder ein Fantasy-Wesen mit Drachenhaut und gespaltener Zunge.

„Was, du willst von dem was lernen?“, zischte Henry in Richtung Janik. „Ich dachte, wir sind uns einig, dass der Typ voll daneben ist. Der war Anführer von der miesesten Bande aller Zeiten und hat seine Bandenmitglieder *Untergebene* genannt!“

Janik schaute zwischen Ben und Henry hin und her. „Ach komm, Henry! Ben hatte eine miese Phase. Und er hat Fehler gemacht. Aber hey, jeder verdient eine zweite Chance!“

Ben verzog sein Gesicht, als hätte Janik einen unwitzigen Witz gemacht. Er widersprach aber nicht.

Dann war Henry wieder zu hören. „Dem Typ kannst du doch nicht trauen! Der will sich nur bei dir einschleimen, damit du auch irgendwann sein Untertan wirst.“

„Einschleimen“, wiederholte Lolli und fuhr mit dem Finger durch einen schleimigen kleinen Klecks, den Monopoli auf dem Baumhausboden hinterlassen hatte.

Sofia, die direkt neben ihr stand, zog sie vom Boden weg. „Bah!“, rief sie.

Wir kicherten. Dann hörten wir wieder den drei Streithähnen zu.

„Hey, ich muss ja nicht helfen. War ja nur ein Angebot“, erklärte Ben und schwang sein Bein über den Bananensattel. Siegesgewiss nickte er Janik zu.

„Also, überleg es dir. Meinetwegen können wir gleich morgen anfangen!“ Dann zog er mit seinem Elektrofahrrad geräuschlos wieder ab.

„Ich kann nicht glauben, dass du dich mit *dem* treffen willst!“, schnaubte Henry. „Der ist doch so was von verlogen! Ich würde lieber Pinocchio glauben als diesem Honk!“

„Ach komm, Leute ändern sich. Der ist total nett geworden! Der will noch nicht mal Geld dafür haben, dass er mir Mathe erklärt.“

Henry sah das anders. Für ihn war Ben immer noch „Abraxas, der Teuflische“. Und Janik war dabei, seine Seele an diesen Typen zu verkaufen, da war sich Henry hundertprozentig sicher.

„Jetzt übertreibst du aber!“, sagte Janik und ließ Henry einfach stehen.

„Siehst du, das meine ich!“, rief mein Bruder ihm hinterher. „Jetzt hat Abraxas es schon geschafft, dass wir uns streiten. Der will uns auseinanderbringen, kapierst du das denn nicht?“

Janik schüttelte nur den Kopf und ging einfach weiter.

Als auch Henry verschwunden war, fingen wir im Baumhaus ebenfalls an zu streiten.

Sofia war auf Janiks und Bens Seite.

„Kannst du dich nicht daran erinnern, wie er uns ein Schweinebaby klauen wollte? Um es wie einen Hund zu halten?", hielt ich dagegen.

„Quatsch", entgegnete Sofia in demselben Tonfall wie Janik. „Er dachte doch nur, die Schweine würden bei uns eines Tages geschlachtet. Er wollte einfach einem von ihnen das Leben retten!"

„Niemand schlachtet unsere Schweine!", schrie Lolli.

Und Katharina meinte, wir wären schlimmer als unsere Hühner. Und das mit der Hackordnung hätten wir wohl auch noch nicht richtig drauf.

Tatsächlich wurden die Hennen durch unseren Streit total unruhig. Ständig flatterten sie herum oder pickten sich gegenseitig Federn aus.

„Wir müssen sie wieder runterbringen!“, erklärte Katharina.

Doch Lolli fand, wir sollten die Hühner von der Terrasse des Baumhauses fliegen lassen. „Dann lernen sie mal richtig zu fliegen und flattern nicht mehr immer nur so am Boden herum.“

„Bist du verrückt?“, herrschte ich sie an. „Die sind doch viel zu dick für so einen langen Flug. Die stürzen ab!“

Jetzt war ich schon zu meiner eigenen Schwester blöd. Irgendwie hatte der Nachmittag keine gute Wendung genommen.

„Dann bringen wir ihnen eben das Schwimmen bei!“, erklärte Lolli trotzig. Sie schnappte sich Bingo und lief mit ihr die kleine Wendeltreppe hinunter.

Wir fingen so schnell wie möglich die anderen Hühner ein und liefen ihr hinterher.

Als wir am Pool ankamen, waren Lolli und Bingo schon baden gegangen. Die Henne schwamm wie eine dicke weiße Ente auf dem Wasser. Da Hühner aber keine Schwimmhäute zwischen den Krallen haben, kam sie nicht von der Stelle.

Die anderen Hühner waren wie vom Donner gerührt, als sie Bingo so dahintreiben sahen. Sie reihten sich am Ufer auf und starrten ihre Freundin an, als hätten sie eine Erscheinung.

Schließlich wollte Bingo aber doch wieder an Land und sie versuchte, mit ihren Flügeln dorthin zu paddeln. Das war ein Fehler. Denn je mehr sie schaufelte, desto mehr sank sie.

Gott sei Dank war Lolli ganz in ihrer Nähe. „Ich werde mal Tier-Schwimmlehrerin“, erklärte sie und hielt eine Hand unter Bingos Bauch. „Und ich erfinde das Hühner-Kraulen. Damit werde ich weltberühmt!“

Da bekamen wir alle einen Lachanfall und der blöde Streit wegen Ben war erst mal wieder vergessen.

Seit diesem Nachmittag verbrachten die Hühner viel Zeit an unserem Naturpool. Sie standen am Ufer und starrten auf die Stelle, an der Bingo ihre ersten Schwimmversuche gemacht hatte. So als würden sie darauf warten, dass das Spektakel weiterging. Nur wenn Lolli vorbeikam, suchten sie aufgeregt das Weite. So richtig Lust auf eine weitere Schwimmstunde schienen sie nicht zu haben.

Nach einiger Zeit gesellten sich regelmäßig auch Pavarotti und Flokati zu den Hühnern. Doch keiner von ihnen setzte auch nur einen Huf oder eine Kralle freiwillig ins Wasser.

Mama hatte Lolli übrigens verboten, Tiere mit ins Wasser zu nehmen. Und so beschränkte Lolli ihren Unterricht darauf, den Tieren vorzuführen, wie Hühnerbrust-Schwimmen oder Esel-Kraul ging. Es handelte sich in beiden Fällen um ein wildes Gestrampel und es wurde wirklich Zeit, dass Herr Kolibri kam. Das fand auch Mama, der ich von seinem Einsatz als Schwimmlehrer erzählt hatte.

Janik hatte sich von Henry übrigens nicht abhalten lassen, Ben zu treffen. Ben kam täglich um vier Uhr, und nach dem Rechnen übten die beiden Arschbomben vom Steg in den Pool.

Henry beobachtete das meistens von seinem Zimmer aus. Er tat mir leid und ich überlegte, wie ich diesen Ben wieder aus unserem Leben rausbekommen konnte. Ich hatte es schließlich schon einmal geschafft, ihn zu vertreiben. Damals hatte er Henry richtig bedroht. Und zwar direkt unter unserem Baumhaus, das zu dieser Zeit noch gar nicht fertig und von unten nicht zu erkennen gewesen war. Ich hatte mit verstellter Stimme von oben ein paar Flüche und Drohungen über Ben ausgeschüttet. Das hatte ihn tatsächlich beeindruckt. Wer weiß, vielleicht glaubt er ja an diese ganzen Fantasy-Märchen, die er immer liest. Und an Götter und Dämonen. Und man kann ihm mit Botschaften aus einer anderen Welt Angst einjagen.

Ich fand es sehr schade, dass ich die Sache nicht

mit Sofia besprechen konnte. Denn die war ja auf Janiks und Bens Seite. Und was noch viel schlimmer war: Manchmal hatte ich das Gefühl, dass sie ein bisschen für Ben schwärmte. Am Ende brachte dieser Abraxas auch noch Sofias und meine Freundschaft in Gefahr! Ich musste mir wirklich unbedingt etwas einfallen lassen, um ihn zu vertreiben!

# 6

# Ein Kolibri im Cabrio

Am Dienstag war es dann endlich so weit. Herr Kolibri sollte nachmittags um drei kommen und wir waren alle ziemlich aufgeregt. Sofia und ich, weil wir ihn mit Tante Karoline zusammenbringen wollten, und Lolli, weil sie angeblich eine Überraschung vorbereitet hatte.

Sofia, die nur schwer Geheimnisse für sich behalten kann, hatte Tante Karoline leider schon von Herrn Kolibri vorgeschwärmt. Dabei wollten wir doch, dass sich zwischen den beiden ganz von alleine die große Liebe entwickelte.

Zu allem Überfluss kreuzte mittags auch noch Ben bei uns auf, um Janik eine weitere Mathestunde zu geben. Ich war zufällig bei Henry im Zimmer, als er auf seinem E-Bike auf die Villa Vanilla zugerauscht kam. Die Villa ist zwar ein altes Bauernhaus, aber Karoline hat es vanillefarben angestrichen, genauso wie die riesigen Blumentöpfe davor, in denen Oliven- und Zitronenbäume wachsen.

Henry und ich sahen durch das Fenster, wie Ben das Fahrrad abschloss und sich nach allen Richtungen umschaute. So, als hätte er Angst, beobachtet zu werden.

„Ja, guck du nur", zischte Henry. „Der hat Schiss vor mir. Zu Recht, denn ich kenne sein wahres Ich!"

„Was ist denn sein wahres Ich?", fragte ich.

„Der ist total berechnend!"

„Und was rechnet er sich aus?"

Henry rieb mit dem Zeigefinger an seiner Nase. Das macht er immer, wenn er nicht sofort eine Antwort weiß. „Ach, keine Ahnung, irgendwas Fieses halt, wetten? Der will Janik auf seine Seite ziehen, um dann auch an mich ranzukommen."

„Und was will er dann mit dir machen, wenn er an dich rangekommen ist?", fragte ich.

Henry verzog das Gesicht, als hätte ich eine sehr dumme Frage gestellt. „Na, was wohl? Der will mich einkassieren! Mich zu seinem Untergebenen machen! Zu einem willenlosen Fan, der nach seiner Pfeife tanzt!“

„Aber du wirst doch nicht automatisch willenlos, nur weil du ihn triffst?!“, wandte ich ein.

„Ach, davon verstehst du nichts“, schnaufte Henry.

So ist es immer. Wenn er nicht weiterweiß, dann behauptet er einfach, dass ich keine Ahnung habe. Dabei war ich eigentlich auf seiner Seite.

Doch ich hatte keine Lust, mit ihm zu streiten. Denn schließlich musste ich mich voll und ganz auf die „Mission Kolibri“ konzentrieren. Darum ließ ich Henry am Fenster zurück und ging ebenfalls zur Villa Vanilla. Sollte er mich doch beobachten oder gar denken, ich wäre jetzt auch ein Ben-Fan.

Sofia war in ihrem Zimmer und hopste auf dem Trampolin. Dabei kaute sie im Takt auf einem Kaugummi herum, der mindestens so dick war wie ein Flummi.

„Ich … bin … so … aufgeregt!“, keuchte sie mampfend und hopsend, als ich reinkam.

Sie hatte recht, es gab allen Grund, aufgeregt zu sein. Denn falls unser Plan klappte und Herr Kolibri in die Villa Vanilla einziehen würde, wäre das sensationell!

„Was meinst du, was Lolli für eine Überraschung für Herrn Kolibri hat?“, fragte Sofia.

Ich hatte keine Ahnung. Lolli ist unberechenbar. Aber um den Mann zu beeindrucken, den sie mal heiraten wollte, hatte sie sich bestimmt nichts allzu Blödes ausgedacht.

Herr Kolibri kam pünktlich um drei mit dem Auto. Er hatte das Dach zurückgeklappt und wir sahen ihn schon von Weitem, wie er durch die Wiesen und Felder auf den Kornblumenhof zusteuerte. Hören konnten wir ihn auch – weil er die Musik laut aufgedreht hatte. Ein bisschen wirkte er wie ein verlorener Autoscooter auf der Kirmes. Trotzdem sah der Sport-Gott mit seiner Sonnenbrille und dem zerzausten Haar ziemlich beeindruckend aus.

Sofia und ich gingen ihm ein Stückchen entgegen, weil wir hofften, dass er uns aufsammeln würde und wir mit offenem Verdeck fahren konnten. Und so war es auch. Wir kamen also alle drei gemeinsam auf dem Kornblumenhof an.

„Na, dann zeigt mir mal diese Lolli“, sagte Herr Kolibri. „Wäre doch gelacht, wenn wir keine Wassernixe aus ihr machen könnten!“

„Die ist bestimmt schon in unserem neuen Natur-Pool“, sagte Sofia stolz. „Und Sie müssen keine Angst haben: Obwohl der Pool aussieht wie ein Teich, ist er trotzdem ein Schwimmbad. Also ganz ohne Wasserratten und Seeschlangen und all das.“

Herr Kolibri lachte. „Ihr meint also, ich werde nicht gebissen oder erwürgt, wenn ich da reinspringe?“

„Höchstens von Lolli“, sagte ich. „Sie kann ganz schön launisch sein.“

Als wir ankamen, war Lolli tatsächlich schon im Wasser. Und zwar zum ersten Mal ganz ohne ihre Flügelchen.

„Hallo Herr Kolibri! Du brauchst mir gar nichts mehr beibringen. Ich kann schon schwimmen!“, rief sie ihm entgegen. Und dann kraulte sie auch schon los. Sie hatte sich tatsächlich selber das Schwimmen beigebracht.

Ehrlich gesagt sah ihr Gepaddel schlimmer aus als das von Bingo. Es wirkte, als würde sie von einem Seeungeheuer in die Tiefe gezogen und als könnte sie sich nur mit letzter Kraft vor dem Ertrinken retten. Aber sie kam irgendwie voran.

„Müssen wir sie retten?", fragte Herr Kolibri und zog bereits sein Hemd und seine Hose aus.

„Nein, keine Angst. Sie ist noch im Nichtschwimmerbereich", antwortete ich.

Am Ufer standen übrigens wie immer die Hühner und starrten gebannt auf das Geschehen. Und auch Pavarotti und Flokati waren dort. Erst als ich genauer hinsah, erkannte ich, dass die beiden Zwergesel Lollis alte Flügelchen trugen. Den Hennen hatte Lolli Schwimmreifen aus dünnen, langen Luftballons gebastelt.

„Ich bin jetzt auch Schwimmlehrerin, so wie du, Herr Kolibri", rief Lolli, als sie wieder festen Boden unter den Füßen hatte.

Dann kam sie aus dem Wasser und nahm das Halfter von Pavarotti in die eine und das von Flokati in die andere Hand. Sie zog die Zwergesel in Richtung Becken.

Die beiden ließen sich allerdings nur zentimeterweise bewegen und stemmten sich mit all ihren Zwergmuskeln gegen den Untergang. Als sie jedoch merkten, wie angenehm kühl das Wasser war, bockten sie nicht mehr so rum. Wie zwei Störche staksten sie immer tiefer in den Pool hinein. Schließlich hingen sogar ihre dicken Bäuche im Wasser. Wegen der Flügelchen hoben sie im selben Moment mit den Vorderbeinen ab. Und vor lauter Schreck verloren sie auch mit den Hinterbeinen den Halt. Dann begannen Pavarotti und Flokati panisch zu strampeln und unter Wasser zu galoppieren, während Lolli sie anfeuerte: „Ja super, ihr seid die besten schwimmenden Esel der Welt!"

Die Hühner starrten ungerührt weiter aufs Wasser. Nur Sofia und ich konnten uns nicht mehr halten vor Lachen.

„Na, dann kann ich ja wohl wieder gehen", bemerkte Herr Kolibri, der immer noch mit heruntergelassener Hose und offenem Hemd vor uns stand. Gott sei Dank trug er bereits seine Badehose.

„Nein, nicht gehen!“, kreischte Sofia.

Im selben Moment ging die Haustür der Villa Vanilla auf und Tante Karoline kam heraus. Weil sie Lehrerin ist, hat sie genauso Schulferien wie wir. Sie unterrichtet allerdings an Henrys Schule und nicht an der Grundschule. Deswegen kannte sie Herrn Kolibri auch noch nicht.

Tante Karoline hatte einen Badeanzug an und trug einen Sonnenhut, der größer war als das Tablett, das sie in der Hand hielt. Den Hut hatte sie mit einem Kranz aus Kletterrosen geschmückt und auf dem Tablett standen Cocktails. Sie sah toll aus. Herr Kolibri zog in Windeseile seine Hose wieder hoch.

„Ich wollte doch mal unseren Besuch begrüßen“, sagte Karoline. „Ich hab Mochitos und Moskitos gemacht. Die Moskitos hören sich gefährlicher an, haben aber keinen Alkohol.“ Sie reichte Herrn Kolibri das Tablett und er war sichtlich beeindruckt.

„Das ist ja ein Nachmittag voller … Überraschungen“, stammelte er. „Dann entscheide ich mich für die gefährliche Variante mit dem ungefährlichen Namen.“ Er nahm einen Mochito und die beiden stießen miteinander an.

Sofia und ich standen ein klein wenig abseits, um die zwei beim Kennenlernen nicht zu stören. Denn Papa sagt immer: „Für den ersten Eindruck gibt es keine zweite Chance!“ Und diesen Eindruck wollten wir nicht vermasseln.

Ganz im Gegensatz zu Lolli. Sie hatte Tante Karolines Auftritt vom Wasser aus beobachtet und schien gar nicht erfreut darüber zu sein, dass jemand ihr die Show stehlen wollte. Darum zog sie die Esel wieder aus dem Pool und stellte sich tropfnass neben unsere Tante.

„Warum hast du eine Dornenkrone an?“, fragte sie. „Du bist doch nicht Jesus!“

„Lolli, hatte deine Mutter nicht gesagt, du sollst keine Tiere mit ins Wasser nehmen?“, antwortete unsere Tante.

Lolli schüttelte den Kopf und äffte Karoline nach. „Du sollst keine Tiere mit ins Wasser nehmen.“

„Hört sich an wie das elfte Gebot“, erklärte Herr Kolibri. „Gleich nach *Du sollst Vater und Mutter ehren.*“ Er war wohl schon ein bisschen beschwipst.

Im selben Moment gab es einen Knall, und dann rannten Bingo, Malefiz, Monopoli und Risiko wie von der Tarantel gestochen in alle vier Himmelsrichtungen. Allerdings hatte Malefiz keinen Schwimmreifen mehr an. Das erklärte wohl den Knall.

„Menno, jetzt sind meine Schüler abgehauen!“, schrie Lolli. „Herr Kolibri, ich wollte dir doch auch noch das Hühnerschwimmen zeigen.“

Herr Kolibri winkte ab. „Ich glaube, Hühner sind undankbare Schüler. Aber ich kann dir doch noch ein bisschen was beibringen. Brustschwimmen zum Beispiel."

Lolli schüttelte den Kopf. „Kann ich auch schon." Dann blickte sie zwischen ihrem zukünftigen Ehemann und ihrer Nebenbuhlerin hin und her. Irgendwie schien sie zu ahnen, dass sie schlechte Karten hatte.

„Du kannst dann ja wieder gehen", sagte sie zum Sport-Gott. „Und du brauchst auch nicht mehr wiederzukommen."

„Lolli!", rief Tante Karoline. „Was bist du denn so unhöflich? Sofias und Mais Lehrer ist extra für dich hier rausgefahren!"

Lollis Unterlippe begann zu beben. Ein sicheres Zeichen dafür, dass sie sehr bald in Tränen ausbrechen würde. Doch bevor das geschah, ließ sie noch schnell eine Bombe platzen: „Die wollen ja nur, dass du Tante Karoline heiratest. Aber das darfst du nicht machen!", rief sie. Und dann lief sie weg, denn sie kann es nicht leiden, wenn jemand sie beim Weinen sieht. Besonders, wenn es Wuttränen sind.

Sofia und ich starrten ihr wie versteinert nach.

„Ich soll Herrn Kolibri heiraten? Davon weiß ich

ja gar nichts“, sagte Tante Karoline in die peinliche Stille hinein.

Herr Kolibri sah zu Sofia und mir herüber. Sicher fiel im gerade wieder ein, wie wir vor der letzten Turnstunde so aufgeregt auf ihn zugelaufen waren. Und unser misslungener Chor sprach ja auch dafür, dass wir etwas Peinliches im Schilde führten.

„Die sp...p...pinnt doch“, stotterte Sofia.

Ich nickte.

„Na dann“, sagte Herr Kolibri und trank den Rest von seinem Mochito in einem Zug aus. „Habt ihr noch mehr Überraschungen für mich parat? Nur, damit ich mich drauf einstellen kann.“

Jetzt sahen sich Tante Karoline und Herr Kolibri wieder an, und sie lachten mindestens so laut wie wir vorher beim Esel-Schwimmen. Sofia und ich wurden so rot, als hätten wir den Sonnenbrand unseres Lebens bekommen.

„Lolli hat sich das nur ausgedacht, um ... uns zu ärgern“, stammelte ich. Und dann lief ich auf den Steg und sprang kopfüber ins Wasser. Einfach nur abtauchen und weg sein!, dachte ich.

Kaum war ich wieder aufgetaucht, kam auch Sofia hinterhergesprungen. Wir schwammen bis zu den feuerroten Seerosen, wo unsere knallroten Köpfe in guter Gesellschaft waren. Und wir trauten uns kaum noch, einen Blick auf Herrn Kolibri und Tante Karoline zu werfen. Gut, dass wir nach den Sommerferien auch auf die weiterführende Schule wechseln!, dachte ich. Dann müssen wir Herrn Kolibri nie wieder sehen. Es sei denn, er würde sich tatsächlich in Tante Karoline verlieben und bei ihr einziehen. Aber das hatten wir ja wohl komplett vermasselt!

Sofia verdrehte die Augen und nahm ihren eigenen Hals in den Würgegriff. So als würde sie lieber tot sein, als mit dieser peinlichen Geschichte weiterzuleben.

Irgendwann guckten wir dann doch mal zum Ufer zurück. Tante Karoline und Herr Kolibri saßen inzwischen auf zwei Liegestühlen und hielten immer noch Gläser in der Hand. Wir konnten nicht hören, was sie sagten. Aber Tante Karolines aufgekratztes Lachen wehte zu uns herüber. Und dann sah ich plötzlich Henry, der auf die beiden zuging und eine Weile verlegen neben seinem Sport-Gott herumstand.

Schließlich sprang auch er ins Wasser und kraulte auf uns zu. „Na, läuft doch alles nach Plan zwischen Ka und Ko“, sagte er.

„Ich hoffe, sie verlieben sich doch nicht“, piepste Sofia. „Ich hoffe, der haut gleich ab und ich muss ihn nie wieder sehen!“

Wir erklärten Henry, was passiert war. Er grinste und machte einen Unterwasser-Purzelbaum. Zu allem Überfluss kamen jetzt auch noch Janik und Ben mit Anlauf in den Pool gesprungen. Sie waren wohl mit der Mathestunde fertig und landeten mit zwei Arschbomben vor unseren Nasen. Das Schwimmbad war nun fast so voll wie das Wartezimmer von unserem Kinderarzt Doktor Braun.

„Was macht denn Herr Kolibri hier?", fragte Janik außer Atem.

„Dasselbe wie Ben", sagte ich. „Nachhilfeunterricht geben."

Ben tauchte neben Janik auf. Er trug eine seltsame Frauenkette mit einem Diamantanhänger. Vielleicht war es auch nur ein Glitzerstein. Jedenfalls sah die Kette aus wie die von Tante Karoline. Kurz überlegte ich, ob er sie geklaut haben könnte. Aber ich war mir sicher, dass Karoline ihre Kette eben selber noch angehabt hatte. Außerdem war die von Ben irgendwie beeindruckender, ohne dass ich sagen konnte, warum.

„Hast du für deine Nachhilfe etwa die Kette von Tante Karoline bekommen?", fragte ich.

Ben nahm den glitzernden Anhänger in die Hand und ließ ihn nach hinten rutschen, sodass seine Haare ihn verdeckten. „Quatsch! Die Kette ist von mir", sagte er seltsam verlegen. „Sie beschützt mich."

„Wie kann denn eine Kette jemanden beschützen?", wollte Sofia wissen.

„Ach, ist so ein Familiending", meinte Ben.

„Wenn ihr es genau wissen wollt: In der Kette

steckt Bens Opa. Ganz klein zusammengepresst“, erklärte Janik. Seine Stimme klang ehrfürchtig.

„Waaas?“, rief Henry. „Was ist denn das jetzt schon wieder für eine Spukgeschichte?“

„Erzähle ich euch ein anderes Mal“, erklärte Ben. Und dann wollte er plötzlich ganz schnell nach Hause.

7

# Geheimnisvolle Steine

Wir anderen kletterten nun auch wieder aus dem Pool. Natürlich nicht an der Stelle, wo Ka. und Ko. sich weiter vergnügten. Wir krochen durch das Schilf hinter den Seerosen an Land. Von da aus schlichen wir uns in die Scheune, wo wir uns zum Trocknen auf ein paar frische Heuballen legten. Es gab so viel zu besprechen!

Würden Tante Karoline und Herr Kolibri ein Paar werden? Und könnten wir uns noch darüber freuen, nach diesem peinlichen Nachmittag?

Aber genauso dringend war die Frage: Konnte man aus einem Menschen, oder wie Janik behauptete, aus der Asche eines toten Menschen, einen Diamanten pressen? Und wenn ja, wäre es nicht sehr, sehr gruselig, diesen Diamanten am Hals zu tragen? Vielleicht verlieh er einem ja Kräfte! Nur was für welche?

Janik fand die Idee „total cool". Und auch Henry hatte leuchtende Augen, obwohl er doch eigentlich Ben samt Gruselkette zum Teufel hätte wünschen müssen.

„Ich darf es nicht weitersagen. Darum dürft ihr es auch nicht weitersagen“, erklärte uns Janik. „Aber Ben meint, durch die Kette würde er mit Geistern reden können!“

„So ein Blödsinn!“, fuhr ich dazwischen. „Es gibt keine Geister! Kein Wunder, dass du das nicht weitererzählen sollst. Weil es Schwachsinn ist!“

Janik wurde komischerweise kein bisschen verlegen. „Hab ich auch erst gedacht“, sagte er. „Aber dann wusste Ben plötzlich Sachen von mir, die er gar nicht wissen konnte. Etwas, das ich noch nie jemandem gesagt habe!“

Ich verdrehte die Augen. „Und das wusste er von den Geistern, oder was? Woher sollten denn die Geister es wissen, wenn du es noch nie jemandem gesagt hast?“

Janik drehte sich auf den Bauch, steckte die Nase in den Heuballen und sog den köstlichen frischen Heugeruch ein. „Glaubt doch, was ihr wollt!“, murmelte er.

„Was wusste er denn von dir?“, wollte Henry wissen.

„Wie gesagt, ich rede da nicht so gerne drüber“, brummte Janik.

„Soll das heißen, Ben weiß etwas von dir, was ich nicht wissen darf? Was sonst keiner auf der Welt weiß?“

„Nein, er weiß es nicht wirklich. Ich habe ihm gesagt, es würde nicht stimmen. Aber es stimmte!“

Sofia stöhnte. Auch sie schien diese Geschichte nicht glauben zu wollen. „Also ich möchte unseren Opa nicht am Hals baumeln haben“, sagte sie. „Und schon gar nicht, wenn er mal tot ist!“

Es kam, wie es kommen musste. Genau in diesem Moment stand Oma plötzlich in der Scheune. Sie hatte Lolli an der Hand, deren Augen vom Weinen immer noch rot waren.

„Siehst du, Oma, was die für blöde Sachen sagen?“, schniefte sie.

„Bevor ihr beschließt, wer euren Opa um den Hals tragen darf, habe ich hier noch einen Notfall“, sagte Oma und wies mit dem Kopf auf Lolli. Dann zwinkerte sie Sofia und mir zu.

So ist es immer. Lolli baut ganz großen Mist, heult sich dann bei jemandem aus und hofft, dass derjenige alles wieder in Ordnung bringt.

„Lolli hat Sofia und mich in die peinlichste Situation unseres Lebens gebracht!“, erklärte ich Oma.

„Und ihr wolltet mir meinen Mann wegnehmen!“, zischte Lolli dazwischen.

„Ja, Liebe ist eine ernste Sache“, behauptete Oma und strich über Lollis nasse, zerzauste Haare.

„Da hört ihr's!“, sagt Lolli. Dann lief sie einfach weg, so als hätte Oma ein Machtwort zu ihren Gunsten gesprochen.

Henry und Janik lachten. Und Oma machte Sofia und mir ein Zeichen, dass wir mal mitkommen sollten. Wir folgten ihr ins Hutzelhaus, wo sie ihre große Trostdose vom Küchenschrank holte. Darin bewahrt sie winzige Geschenke auf. Man könnte den besten Adventskalender aller Zeiten daraus machen. Doch Oma rückt ihre Minischätze nur zu ganz besonderen Anlässen raus.

„Ich weiß, dass es manchmal schwer ist, eine kleine Schwester oder Cousine zu haben“, sagte sie.

Sofia und ich nickten.

„Man muss ganz schön geduldig sein.“

„Allerdings!“, erklärte Sofia und starrte auf die Trostdose.

Doch Oma wollte uns wohl erst noch mit Worten beschwichtigen. „So kleine Menschen sind wie kleine Schiffe auf hoher See“, erklärte sie. „Sie werden von ihren eigenen Gefühlen hin und her geworfen und haben kein einziges davon im Griff.“

„Ist klar“, sagte ich. „Aber Sofia und ich haben auch nicht alles im Griff. Wir sind auch noch Wackelboote. Und Lolli ist wie ein Piratenschiff!“

„Verstehe, verstehe!“ Oma drückte mit dem Zeigefinger auf ihre Nase. Das macht sie immer, wenn sie nachdenkt. „Aber ich verrate euch ein Geheimnis“, sagte sie schließlich. „Die Natur hat kleine Menschen extra niedlich gemacht, damit man ihnen nicht ganz so böse sein kann. Denn sonst hätten sie gar keine Chance. Niemand würde ihnen ihren Blödsinn verzeihen.“

Sofia nickte und fragte, ob sie jetzt endlich eines von den Geschenken haben dürfte. Dann fischte sie das größte Päckchen von allen aus der Dose. Ich hätte auch gerne eine von Omas Überraschungen gehabt. Aber irgendwie fühlte es sich nicht richtig an. So als wäre ich bestechlich.

„Hat Lolli auch ein Geschenk bekommen?“, fragte ich.

Oma nickte. „Meint ihr etwa, für sie war die Sache einfach?“

Sofia riss das Seidenpapier auf. Und ihre Mundwinkel rutschten ganz schön weit nach unten, als ein langweiliger grauer Stein zum Vorschein kam. Solche Steine liegen zu Hunderten bei uns auf dem Kornblumenhof herum.

„Ich glaube, ich habe eine Niete gezogen“, sagte sie.

„Aber nein, das ist ein Geheimstein!“, erklärte Oma. „Der ist nicht wie alle anderen.“

Tatsächlich konnte man den Stein aufschrauben wie ein Marmeladenglas. Und im Inneren befand sich ein winziges Versteck.

„Da drin kannst du zum Beispiel einen Haustürschlüssel verstecken. Und dann legst du ihn zu den anderen Steinen vor euer Haus. Eine perfekte Tarnung.“

„Cool!“ Sofias Mundwinkel hatten eine Kehrtwende nach oben gemacht.

„Darf ich auch ein Geschenk haben, obwohl ich Lolli immer noch böse bin?“, fragte ich Oma.

„Natürlich!“, sagte sie. „Ich will euch doch nur ein bisschen trösten und nicht umstimmen!“

Ich fischte einen kleinen Stift aus der Dose, der allerdings gar nicht schreiben konnte. „Das ist jetzt aber echt eine Niete, oder?“

Oma grinste. „Ihr glaubt doch nicht ernsthaft, dass ich hier Nieten verteile!“, sagte sie. Dann holte sie eine kleine Taschenlampe aus der Trostdose. „Die beiden Sachen gehören zusammen“, erklärte sie. „Kennt ihr denn keine Geheimtinte? Damit könnt ihr demnächst Dinge aufschreiben, von denen Lolli nichts erfahren soll.“

Sofia leuchtete mit der Taschenlampe auf das Stück Papier, auf dem ich zuvor vergeblich herumgekritzelt hatte. In dem Lichtkegel konnte man genau erkennen, wo der Stift entlanggefahren war.

„Das ist natürlich Zauberlicht. Oder besser gesagt UV-Licht“, erklärte Oma.

Sofias Stirn wurde fast so faltig wie die von Oma.

Wahrscheinlich dachte sie darüber nach, ob es sich um echte Zauberei handelte. „Cool!“, sagte sie schließlich. „Obwohl Lolli doch sowieso nicht lesen kann. Auch wenn wir mit einem normalen Stift schreiben.“

Oma meinte, Lolli könnte schon mehr lesen, als wir dächten. Und wenn sie erst in die Schule käme, ginge das ruckzuck. „Ihr glaubt ja gar nicht, wie gerne Lolli schon alles können würde, was ihr könnt. Ihr seid ihre großen Vorbilder!“

Wenig später hatte sie es geschafft, dass ich Lolli nicht mehr böse war. Oma war echt geschickt. Zur Krönung holte sie noch frische Erdbeeren aus dem Kühlschrank. Mit einem köstlichen Berg Sahne oben drauf.

„Aber was machen wir denn jetzt mit Herrn Kolibri?“, fragte Sofia.

Oma zuckte mit den Schultern. „Gar nichts, würde ich sagen.“

„Aber wenn ich dem noch mal begegne, falle ich tot um!“, erklärte ich.

Sofia nickte. „Ich auch."

„Wetten nicht?" Oma schaute aus dem Fenster. In der Ferne sah man Herrn Kolibri mit Tante Karoline baden. „Geht doch mal hin und probiert es aus. Wenn ihr überlebt, bekommt ihr noch eine Portion Erdbeeren."

Natürlich gingen wir nicht hin. Aber Oma blieb dabei, dass alles halb so schlimm sei. Sie war sich sicher, dass wir eines Tages über die Geschichte lachen würden.

„Ihr lacht noch darüber, wenn ihr schon selber Omas seid", prophezeite sie.

Ein bisschen mussten wir jetzt schon grinsen und Oma fühlte sich angestachelt, noch mehr Weisheiten von sich zu geben.

„Ihr wisst ja, man kann fast alles im Leben so oder so erzählen. Als ernste oder als lustige Geschichte. Und aus der Kolibri-Verkuppelung werdet ihr auf jeden Fall mal eine lustige Geschichte machen. Dafür verwette ich mein linkes Ohrläppchen!"

Wir trauten uns erst wieder nach draußen, als Herr Kolibri verschwunden war. Sofia wollte sofort zu ihrer Mutter. Und sie bestand darauf, dass ich mitkam.

Karoline war seltsamerweise kein bisschen böse auf uns. Dabei hatten wir doch auch sie in eine peinliche Situation gebracht. Sie saß in der Küche und tippte schmunzelnd irgendwelche Nachrichten in ihr Handy.

„Wolltet ihr mich tatsächlich mit eurem Sportlehrer zusammenbringen?", fragte sie, ohne aufzuschauen.

Wir nickten und Sofia trat von einem Bein aufs andere. „Und, wie ... fandest du ihn?", stammelte sie.

„Nett. Sehr nett. Aber ab jetzt suche ich mir meine Männer wieder selber aus, einverstanden?", sagte Karoline.

Wir trauten uns nicht zu fragen, was das bedeuten sollte. Und ob sie ihm gerade schrieb, während sie aussah wie ein Schmunzelhase. Vielleicht hatte sie sich ja verliebt, wollte aber beim nächsten Verlieben auf unsere Hilfe verzichten.

Als keine weiteren Erklärungen mehr kamen, gingen wir zum Pool zurück.

Pavarotti und Flokati standen wieder im Wasser, diesmal allerdings nicht so tief.

Lolli hatte sich auf die Liege gelegt, auf der vorher Herr Kolibri gelegen hatte, und fummelte mit seltsam dreckigen und drahtigen Haarsträhnen herum. „Ich flechte Freundschaftsbändchen für euch", sagte sie.

Wir waren nicht ganz sicher, ob sie sich mit den Dingern entschuldigen wollte oder ob es sich um eine Strafe handelte.

Sofia machte jedenfalls ein Gesicht, als hätte sie in eine Zitrone gebissen. „Woraus sind die denn?", wollte sie wissen.

„Das sind Kuhschwanzhaare", erklärte Lolli. „Die hingen am Ende von Lady Milkyways Schwanz. Ich hab sie mit meiner Bastelschere abgeschnitten."

Ehrlich gesagt kann Lolli gar nicht richtig flechten. Der Kuhschwanzdreck hielt die Bändchen aber trotzdem zusammen. Gott sei Dank ließen sie sich nicht gut am Handgelenk verknoten, sodass sie uns immer wieder abfielen. Doch Lolli bestand darauf, dass sie einen Ehrenplatz in unseren Schmuckkästchen bekommen sollten. Was für ein komischer Tag!

Später im Bett musste ich daran denken, was Oma gesagt hatte. Dass man alles im Leben ernst oder lustig erzählen kann. Schwer oder leicht. Und ein kleines bisschen musste ich schon darüber lachen, wie die tropfnasse Lolli neben dem verdatterten Herrn Kolibri gestanden hatte und ihn davon abhalten wollte, Tante Karoline zu heiraten.

Wie war Oma nur so schlau geworden? Plötzlich konnte ich Lolli verstehen, die so schnell wie möglich lesen lernen wollte. Ich wollte so schnell wie möglich so schlau werden wie Oma. Also nahm ich mir vor, am nächsten Morgen all die schlauen Sachen aufzuschreiben, die sie von sich gab, und sie auswendig zu lernen wie Vokabeln. Außerdem wollte ich Henry nun noch viel dringender dabei behilflich sein, diesen Ben wieder aus unserem Leben rauszukriegen. Der Typ war einfach zu unheimlich!

# 8

# Das Orakel in der Scheune

Seit dem Vorfall mit dem geplatzten Mini-Schwimmreifen waren die Hühner übrigens nie wieder am Pool. Ganz im Gegensatz zu den Eseln, die halbe Nachmittage mit den Beinen im Wasser verbrachten.

Mama fand das gar nicht lustig. Sie wollte sogar, dass wir den Pool einzäunten. „Ihr glaubt doch nicht, dass unsere Esel zum Pipimachen das Wasser verlassen!“, erklärte sie eine Woche nach dem Kolibri-Desaster am Frühstückstisch.

Lolli, Henry und ich schrien auf. „Iiiii!“

Henry meinte, wir könnten eine Überwachungskamera an der alten Eiche anbringen. Und dann würden wir ja sehen, ob Pavarotti und Flokati ins Wasser machten.

„Oder wir ziehen ihnen Windeln an“, schlug Lolli vor. „Ich musste früher auch immer Windeln anhaben.“

„Die Windeln saugen sich doch sofort mit Wasser voll“, brummte Henry und grub mit dem Löffel in seinem Müsli rum, ohne einen Bissen zu essen. Er hatte wohl wieder schlechte Laune. Vielleicht, weil am Nachmittag zum ersten Mal sein neuer Mathelehrer Herr Dinkelacker kommen sollte.

„Der Popo von den Eseln ist gar nicht im Wasser!“, erklärte uns Lolli. „Und der Pipimann auch nicht. Die Windel bleibt trocken. Es sei denn …“

„Wir essen gerade“, zischte Papa, der Lollis Vorliebe für Pipi-Kaka-Themen nicht leiden kann.

Und Mama fand, dass Tiere gar keine Windeln tragen sollten. Das wäre Tierquälerei.

„Aha, aber ich musste die tragen“, protestierte Lolli. „Das ist Menschquälerei!“

Mama strich ihr über den Kopf. „Ja, du lebst ja auch in einem Haus“, sagte sie. „Und nicht in einem Stall. Im Haus gibt es ganz andere Regeln. Stell dir vor, dein Bett wäre immer voller Pipi gewesen.“

Lolli dachte nach. „Deswegen darf ich Pavarotti nicht mit ins Bett nehmen?“, fragte sie.

„Deswegen und noch aus ein paar anderen Gründen“, brummte Henry.

Am Ende fanden alle die Idee mit der Überwachungskamera am besten. Wir hatten sogar eine. Sie stammte aus der Zeit, als immer mal wieder ein Fuchs gekommen und um unseren Hühnerstall herumgeschlichen war.

Nach dem Frühstück machte Papa die kleine Kamera am Baum fest. Über unsere Handys konnten wir immer sehen, was passierte. Sofia und ich durften sogar ein altes Smartphone von Tante Karoline zu diesem Zweck nutzen. Wir beide nahmen uns vor, abends mal in Ruhe zu schauen, was tagsüber so alles in unserem Pool landete.

„Müssen wir uns dann die ganze Nacht ansehen, was den ganzen Tag über passiert ist?“, fragte ich. „Dann können wir auch gleich tagsüber Wache halten.“

Papa meinte, wir könnten uns das Tagesgeschehen im Zeitraffer ansehen. „Und nur bei den spannenden Stellen haltet ihr an und schaut ganz genau hin.“

Während wir vor dem Haus standen und unsere Pipi-Spionagepläne schmiedeten, jagten sich übrigens die Hühner gegenseitig über den Hof. Mit viel Gegacker flatterten sie an uns vorbei und versuchten, sich gegenseitig ein paar Federn rauszupicken. Mama erzählte, die vier würden vor lauter Stress kaum mehr Eier legen.

„Wenn die sich nicht benehmen können, dann kommen sie in den Kochtopf!“, murmelte Papa. Dabei wusste er, dass niemand von uns je eines unserer Tiere essen würde.

„Das meint der nicht so“, erklärte Lolli. Aber ganz sicher waren wir uns nicht.

Nachmittags hatten wir uns alle im Haus versammelt, weil wir die Ankunft von Herrn Dinkelacker nicht verpassen wollten. Als es klingelte, hörten wir erst mal nur die Stimme von Tante Karoline. „Ich wollte euch schnell meinen lieben Kollegen vorstellen“, sagte sie.

Lieb sah Henrys neuer Mathelehrer allerdings kein

bisschen aus. Er war das genaue Gegenteil von Herrn Kolibri: dürr, blass und streng. Seine schmalen Lippen befeuchtete er alle paar Sekunden mit einer Zunge, die auch von einer Echse stammen könnte. Und beim Betreten der Küche verlor seine Sonnenbrille die Farbe. Zum Vorschein kamen zwei eisig blaue Augen.

„Das ist eine Brille, die sich den Lichtverhältnissen anpasst“, erklärte uns Tante Karoline, als sie unsere fassungslosen Gesichter sah. „Nur in der Sonne wird sie zur Sonnenbrille.“

„Aha“, sagte Henry.

Jeder von uns wusste, dass er und Herr Dinkelacker kein gutes Team werden würden. Trotzdem gingen sie zusammen hoch in Henrys Zimmer und kamen erst anderthalb Stunden später wieder heraus. Beide waren verschwitzt und sahen aus, als hätten sie die schwersten Aufgaben ihres Lebens lösen müssen.

Kaum dass die Haustür hinter Herrn Dinkelacker ins Schloss gefallen war, stöhnte Henry auch schon los. „Der Typ braucht sich hier nie wieder blicken zu lassen! Der ist ja Horror! Ständig hat er gesagt: ‚Jetzt denk doch mal nach!' Was glaubt der denn, was ich die ganze Zeit getan habe?!"

Henry wollte lieber von Ben Nachhilfe bekommen, als auch nur ein einziges Mal Herrn Dinkelacker wiedersehen zu müssen. Mama und Papa waren einverstanden. Nur ich fand die Idee irgendwie blöd. Wie sollte ich Ben denn vertreiben, wenn jetzt auch noch Henry in seinen Bann gezogen wurde?

Als der Geisterbeschwörer am nächsten Tag auf seinem Bananensattel angerauscht kam, war ich gerade im Baumhaus.

Ben verschwand allerdings nicht sofort in Tante Karolines Haus, sondern wurde von Janik und Henry hinter der Scheune empfangen. Die drei tuschelten und verdrückten sich, um wenige Minuten später am Scheunentor wieder aufzutauchen. Jeder von ihnen hatte ein Huhn unter dem Arm und Henry sogar zwei. Sie schauten sich hektisch um, so als hätten sie vor, die Hühner zu stehlen. Dann verschwanden sie mit Malefiz, Monopoli, Risiko und Bingo in der Scheune. Auf Zehenspitzen schlich ich die Wendeltreppe im Inneren der Eiche hinunter und öffnete die Tür einen Spalt. Ich konnte die drei reden hören, doch ich sah sie nicht. Sie mussten sich im Geräteschuppen versteckt haben, der durch eine lose Bretterwand mit einer Tür vom Rest der Scheune abgetrennt ist. Darüber befindet sich der Heuboden, der ebenfalls nur aus Balken und Brettern besteht. Und dazwischen sind Ritzen, durch die man nach unten schauen kann. Ganz vorsichtig kletterte ich die Leiter hoch. Hier oben war es heiß und es duftete nach Heu und Abenteuer. Ein paar Fliegen kreisten in der Luft herum.

Ich hatte Glück, in einer Ecke waren noch keine Heuballen gestapelt. Vorsichtig kroch ich dorthin, legte mich auf den Bauch und schaute durch den schmalen Spalt zwischen den Dielen. Die Jungs befanden sich genau unter mir. Sie saßen im Kreis und hatten die Hühner in die Mitte genommen.

„Jetzt mach schon!“, flüsterte Janik, der seine Mühe hatte, Malefiz im Kreis zu halten.

Ben öffnete seine Halskette und ließ sie zwischen den Fingern hin und her schaukeln wie ein Pendel. Tatsächlich starrten nicht nur Henry und Janik, sondern auch die Hühner auf den baumelnden Diamanten.

„Spürt ihr das“, fragte Ben. „Spürt ihr die Energie?“

Die beiden nickten ehrfürchtig und die vier Hühner taumelten merkwürdig herum, so als wären sie müde oder betrunken. Schließlich wurden sie still und kauerten sich auf den Boden, als würden sie schlafen.

Ich bekam eine Gänsehaut. Hatte Bens Opa tatsächlich eine geheimnisvolle Macht? Und war mein Bruder genauso willenlos geworden, wie er es vorhergesagt hatte? Bestimmt gab es eine ganz einfache Erklärung dafür, warum Hühner beim Anblick eines Diamanten einschlafen. Aber welche?

„Cool!“, sagte Henry.

Janik nickte immer noch. Sein Mund stand weit offen. „Und zeigst du uns jetzt, wie der Diamant Fragen beantworten kann?“

Henry und Janik nahmen die schlafenden Hennen aus dem Kreis und legten sie hinter sich ab. Ben holte derweil ein Papier aus der Hosentasche. Mit sanften Streichbewegungen breitete er es zwischen den dreien aus. In der Mitte des heiligen Zettels war ein Kreuz gemalt. An dessen Enden stand etwas, das ich nicht lesen konnte.

„Okay, welche Frage habt ihr denn?“, wollte Ben wissen. „Mein Opa kann aber nur mit ja oder nein antworten.“

„Wir können euch ja erst mal testen“, schlug Henry vor. „Wir fragen irgendwas, das du auf keinen Fall wissen kannst. Und dein Opa natürlich auch nicht.“

Ben schnaubte. „Testfragen findet mein Opa blöd. Der hat keine Lust, mit Leuten zu reden, denen er beweisen soll, dass es ihn gibt. Aber wir können es versuchen.“

Es dauerte eine Weile, bis Henry und Janik sich auf eine Frage einigen konnten. Sie flüsterten sich ständig irgendetwas zu. Dann nickten beide und Henry sagte: „Also, die Frage lautet: Hat meine Schwester je herausgefunden, dass mir ihr Hamster weggelaufen war? Und dass ich ihr zusammen mit Mama und Papa einen neuen Hamster in den Käfig gesetzt habe, der genauso aussah wie der alte?“

Ich konnte erst gar nicht glauben, was ich da gehört hatte. Henry hatte *was*? Meinen geliebten Flippi abhauen lassen und mir dann einen fremden Hamster in den Käfig gesetzt? Am liebsten hätte ich ihn sofort zur Rede gestellt. Auch wenn die Sache schon ganz schön lange her sein muss. Denn Flippi, der ja gar nicht Flippi war, ist längst an Altersschwäche gestorben.

„Opa, hörst du uns?“, säuselte Ben mit seltsam verstellter Stimme, so als wäre er selber schon ein Opa oder ein altes Gespenst. „Opa, bist du da? Hast du Henrys Frage verstanden?“

Dann starrten alle auf den Diamanten, den Ben genau über das Blatt hielt und der ganz langsam anfing auszuschlagen. Und zwar nach links und rechts.

„Ja, sie weiß es“, sagte Ben. „Ein ganz klares Ja!“

Ich musste schlucken.

„Ach Quatsch!“, rief Henry. „Sie weiß es nicht. Sie ist viel zu uncool, um so was zu wissen und für sich zu behalten. Sie hätte mich gekillt und gegrillt, wenn sie das gewusst hätte!“

„Glaub, was du glauben willst“, sagte Ben, jetzt wieder mit normaler Stimme. „Mehr kann ich dir auch nicht sagen.“

Obwohl der tote Opa den Geistertest nicht so richtig bestanden hatte, wollte Janik eine weitere Frage stellen. Doch er kam nicht mehr dazu, weil plötzlich die Tür aufging und Papa hereinkam. Die Jungs sprangen auf und Henry schob mit dem Schuh einen Haufen Heu über das Papier am Boden.

Dann stand Papa auch schon vor ihnen. Durch den Lärm waren die Hennen wieder wach geworden und flatterten im Geräteschuppen herum.

„Was macht ihr denn hier mit den Hühnern?", wollte Papa wissen. „Ihr wisst doch, dass sie sich hier verletzen können, zwischen dem Mähdrescher und den Sensen!"

„Wir wollten ein paar Übungen mit ihnen machen, damit sie wieder mehr Eier legen", erklärte Henry.

„So ein Blödsinn!", meinte Papa. „Was sollen denn das für Übungen sein? Hühner-Yoga vielleicht? Holt die Biester hier raus, aber ganz schnell!"

Es dauerte ein bisschen, bis alle wieder aus der Scheune verschwunden waren. Das Einzige, was zurückblieb, war das Papier mit dem Kreuz in der Mitte, das Henry unter dem Heuhaufen versteckt hatte. Ich kletterte die Leiter hinunter und sah es mir an. Links und rechts von dem Kreuz stand JA, oben und unten stand NEIN. Schnell schob ich wieder etwas Heu drüber und verschwand ebenfalls.

# 9

# Spionage am Pool

Ich rannte rüber zu Sofia. Seit sie ihren Haustürschlüssel in dem Zauberstein versteckt, brauche ich gar nicht mehr zu klingeln. Ich zog nur einmal kurz an der langen Angelschnur, die bei Sofia aus dem Fenster hängt. Sie ist mit ihrer Spieluhr verbunden, und immer wenn ich draußen Alarm schlage, beginnt drinnen die einbeinige Ballerina zu tanzen. Kurz darauf erschien Sofia am Fenster und machte mir Zeichen, dass ich hochkommen sollte. Da schloss ich ganz leise die Tür auf und schlich mich in ihr Zimmer.

Sofia saß im Schneidersitz auf ihrem Bett und übte Blockflöte. Es hörte sich an, als wollte sie ein paar Schlangen beschwören.

„Ben kann ganz vielleicht doch mit Geistern reden“, rief ich in das Gefiepse hinein. „Aber auf jeden Fall kann er Hühner und Menschen verrückt machen!“

„Wie kommst du denn darauf?“ Sofia legte die Flöte beiseite und sah mich mit weit aufgerissenen Augen an.

Ich erzählte ihr die Geschichte in den düstersten Farben. Aber je mehr Einzelheiten Sofia erfuhr, desto mehr leuchteten ihre Augen. So als hätte ich ihr von einem Ausflug ins Fantasialand berichtet.

„Wie unheimlich!“, sagte sie begeistert. „Und mit der Hamstergeschichte hatte dieser Opa-Diamant ja recht. Du wusstest von dem vertauschten Hamster, auch wenn du es gerade erst erfahren hattest.“

„Wir müssen Ben hier irgendwie wegbekommen!“, erklärte ich und sah Sofia tief in die Augen. Ich wünschte, ich hätte auch irgendwelche Fähigkeiten, um sie zu beschwören.

Doch sie antwortete nicht.

„Bestimmt rufen sie bald wieder die Geister“, sagte Sofia. „Dann können wir sie noch mal belauschen. Und danach entscheiden wir, einverstanden? Ich muss es ein Mal selber mitbekommen!“

Beim Abendessen konnte ich Henry gar nicht in die Augen sehen. Nur zu gerne hätte ich ihn zur Rede gestellt, weil er meinen Hamster auf dem Gewissen hat. Und weil er nicht den Mut hatte, mir das zu sagen. Aber vor allem, weil er mir einfach einen anderen Hamster untergejubelt hat. Wie gemein! Ich habe meine ganze Flippi-Liebe einem wildfremden Hamster geschenkt. Während Flippi selbst wahrscheinlich gerade draußen in der Wildnis tausend Tode gestorben ist. Und Mama und Papa sind angeblich Henrys Komplizen gewesen und haben geholfen, Flippi durch einen Doppelgänger zu ersetzen. Von wegen *Ehrlichkeit währt am längsten!* Manchmal sollten Erwachsene lieber den

Mund halten, als mit irgendwelchen Weisheiten um sich zu werfen, an die sie sich selbst nicht halten.

Wie gerne wollte ich all das aufklären! Doch dann hätte Henry gewusst, dass ich ihn beim Geisterbeschwören belauscht habe. Und er hätte höllisch aufgepasst, damit ich ihn nie wieder belausche. Aber genau das hatten Sofia und ich ja vor.

Außerdem hatte ich eine Idee, wie ich diesem ganzen Hokuspokus ein Ende bereiten konnte. Und diesen Plan durfte ich auf gar keinen Fall gefährden, indem ich Genugtuung für Flippi forderte. Meinen Hamster konnte ich nicht mehr zum Leben erwecken, aber Ben und seinen toten Opa konnte ich vielleicht in die Flucht schlagen.

Ich musste unbedingt wissen, wann die nächste geheime Sitzung stattfand. Vielleicht hatte Sofia ja eine Idee, wie wir das rauskriegen konnten! Ungeduldig wartete ich, bis alle fertiggegessen hatten. Dann rannte ich noch mal los.

Ich fand Sofia im Schweinegehege, wohin sie sich immer verzieht, wenn sie nachdenklich ist. Dann bürstet sie unsere Schweine und summt dabei Schlaflieder. Angeblich, um die Schweine zu beruhigen. Aber ich glaube, sie beruhigt sich selbst damit.

„Was grübelst du?“, fragte ich.

Sofia zuckte zusammen. Sie war so mit ihren Gedanken beschäftigt, dass sie mich gar nicht hatte kommen hören.

„Weiß nicht“, antwortete sie.

„Denkst du an Herrn Kolibri oder an den Opa in der Kette?“

„Weiß auch nicht, an beides ein bisschen. Aber ich will gar nicht mehr dran denken.“

Aus Sofias Hosentasche ragte Karolines altes Handy, mit dem man die Filme aus der Überwachungskamera anschauen konnte. Ich zog das Handy heraus und öffnete die App. Im Schnelldurchlauf sah ich mir den letzten Tag an. Tiere und Menschen flitzten hin und her. Nur die Esel regten sich kaum.

Niemand schien mehr daran zu denken, dass er gefilmt wurde. Es wurde in der Nase gebohrt und am Po gekratzt. Karoline ging sogar ein Mal nackt baden, als sie sich offenbar unbeobachtet fühlte.

„Auch das noch!“, rief Sofia und wurde knallrot. Gott sei Dank konnte man im Schnelldurchlauf auf dem kleinen Handy nicht sehr viel erkennen.

Dann sahen wir, wie einer der Esel das Wasser verließ und in Richtung Stall trottete. Kurze Zeit später kam er auch schon wieder.

„Das ist der Beweis!“, rief ich. „Sie gehen zur Toilette und pinkeln nicht ins Wasser!“

Sofia meinte, das würde gar nichts beweisen. „Vielleicht hat Flokati ja auch nur etwas gefressen oder hatte kalte Füße bekommen“, sagte sie.

Wir starrten weiter auf das Handy und sahen Henry, Janik und Ben, wie sie die Köpfe zusammensteckten und etwas auszuhecken schienen.

„Stopp mal!“, rief ich. „Das gucken wir uns genau an!“

Sofia spulte ein Stückchen zurück und wir beobachteten die Jungs in Echtzeit. Zu unserer Überraschung hatte die Kamera auch ein Mikrofon. Wenn auch ein sehr schlechtes. Aber wenn man das

Handy ganz laut stellte und sehr genau hinhörte, konnte man verstehen, was sie sich zuraunten.

„Wir machen es diese Nacht!", flüsterte Janik.

Henry verzog das Gesicht. „Echt jetzt? Ich finde Geister tagsüber irgendwie sympathischer."

„Aber nachts haben wir den Geräteschuppen ganz für uns alleine", erklärte Janik.

Ben nickte. „Um Mitternacht habe ich auch die beste Verbindung zu meinem Opa", behauptete er. „Außerdem schlafe ich doch heute bei Janik. Das ist *die* Gelegenheit!"

Sofia und ich starrten uns an.

„Das ist *die* Gelegenheit!", wiederholte Sofia.

Ich nickte. Auch wenn mir nicht ganz wohl bei dem Gedanken war, zur Geisterstunde ein paar Geisterbeschwörer zu belauschen.

Vor unserem Spionage-Einsatz musste ich allerdings nochmal an den Tatort. Ich lief in mein Zimmer und holte den Stift mit der Geheimtinte. Dann schlich ich mich in den Geräteschuppen und suchte nach diesem Papier mit dem Ja-Nein-Kreuz. Ohne lesen zu können, was ich schrieb, hinterließ ich eine bitterböse Nachricht aus dem Jenseits. Hoffentlich nimmt mir Bens Opa das nicht übel, falls er dort wirklich rumspukt. Ich entschuldigte mich sogar bei ihm: „Sorry, aber glauben Sie mir, Herr Geist, es ist für alle das Beste!“, flüsterte ich.

## 10

# Geisterbeschwörung mit Lakritzschlangen

Sofia und ich wollten uns um halb zwölf auf dem Heuboden treffen und es uns auf unserem Beobachtungsposten gemütlich machen. Wenn man bei einer Geisterbeschwörung überhaupt von Gemütlichkeit reden kann. Sie hatte ein paar Lakritzschlangen und eine Wolldecke dabei. Ich brachte Limonade und Knoblauch mit. Der hilft zwar eigentlich gegen Vampire, aber etwas Besseres war mir nicht eingefallen.

Sofia war genauso aufgeregt wie ich. Sie aß sogar zwei Zehen von dem Knoblauch, weil sie meinte, dass der Geist dann nicht in ihren Körper fahren könnte.

Kurze Zeit später kamen Ben, Henry und Janik.

Sie leuchteten mit ihren Taschenlampen den ganzen Geräteschuppen ab. Einmal trafen sie durch die Ritze in der Decke sogar mein Auge. Doch sie entdeckten uns nicht.

„Ich brauche unbedingt dieses Blatt wieder“, erklärte Ben. „Das war die letzte leere Seite aus dem Tagebuch meines Opas. Ohne das Blatt krieg ich keinen Kontakt.“

„Ist ja schon gut“, flüsterte Henry und durchstöberte das Heu auf dem Boden mit seinem Fuß. Dann zog er das Blatt aus dem Heu hervor.

Die drei setzten sich um den Zettel herum, praktischerweise wieder genau unter uns. Sie legten ihre Taschenlampen so neben sich ab, dass sie alle drei auf das Papier leuchteten. Ich tastete nach der kleinen Taschenlampe in meiner Hosentasche, während mein Herz so laut schlug, dass ich Angst hatte, alle könnten es hören.

Ben nahm die Kette vom Hals und schwang den Diamanten ein paar Mal über das Kreuz. „Fühlt sich gut an“, sagte er. „Da ist so eine starke Verbindung. Das wird der Knaller!“ Und dann begann er auch schon wieder mit dieser Gespensterstimme zu sprechen: „Opa, Opilein, ich fühle, dass du da bist. Du bist hier in der Scheune, das spüre ich ganz genau!“

Einen kurzen Moment hatte ich Angst, das alles könnte wirklich stimmen. Und dieser Tote würde hier rumgeistern. Vielleicht huscht er gerade über Sofia und mich oder er berührt uns mit seiner eisigen Hand!, dachte ich. Außerdem könnte er uns dann verraten. Wie gut, dass er nur Ja oder Nein sagen kann. Solange die Jungs nicht nach uns fragen, ist er zum Schweigen verdammt!

Bei dieser Sitzung durfte Janik als Erster mit dem Opa reden. „Okay“, sagte er feierlich und holte tief Luft. „Meine Frage lautet: Wird Herr Kolibri meine Mutter heiraten?“

Dann wurde es ganz still und alle starrten auf das Pendel, das regungslos über dem Kreuz hing.

„Opa?“, säuselte Ben. „Opa, hast du die Frage verstanden? Bist du überhaupt noch da?“

Wieder hing das Pendel einfach nur schlapp in der Gegend rum.

„Kann sein, dass mein Opa so was gar nicht

weiß", murmelte Ben. „Der weiß zwar, was die Menschen denken, aber was sie draus machen werden, also in der Zukunft, das weiß er manchmal nicht."

„Na toll!", zischte Henry. „Auf den Typ ist echt kein Verlass."

„Okay, ich stelle die Frage anders", unterbrach ihn Janik. „Hat meine Mutter sich in Herrn Kolibri verliebt?"

In dem Moment kniff Sofia mich in den Arm. Beinahe hätte ich laut aufgeschrien. Sie hatte die Augen aufgerissen und kaute auf einer Haarsträhne herum. Ich schüttelte den Kopf und tippte mir mit dem Finger gegen die Stirn, um ihr klarzumachen, dass sie nichts von dem, was Ben sagte, glauben sollte. Dann schauten wir schnell wieder nach unten. Tatsächlich begann das Pendel bei der Frage auszuschlagen.

„Er ist da!", rief Ben. „Opa, wie schön, dass du bei uns bist."

Das war mein Stichwort. Ganz vorsichtig zog ich die Geheimtaschenlampe mit dem UV-Licht aus der Hosentasche und leuchtete durch die Ritze nach unten auf das Blatt. Leider war die Reichweite der Lampe nicht besonders groß. Unten kamen also nur ein paar mickrige UV-Strahlen an, sodass die Schrift auf dem Papier von den Jungs erst gar nicht bemerkt wurde.

„Ich würde sagen, das ist ein eindeutiges Ja“, erklärte Ben.

„Warte mal“, rief Henry dazwischen. „Da stimmt doch mit dem Papier irgendwas nicht. Da steht doch was!“

Die drei starrten auf den Zettel und versuchten, die Botschaft aus Geheimtinte zu entziffern.

„Hört auf damit!“, rief Henry. „Das soll, glaube ich, *Hört auf damit!* heißen.“

„Guckt mal, hier geht es noch weiter“, sagte Janik. „Hilfe! Hier steht: *Lasst mich in Ruhe. Ich will einfach nur tot sein. Wenn ihr mich noch mal dabei stört, passiert ein Unglück!*“

Ich sah zu Sofia rüber. Seltsamerweise schien sie gar nicht zu merken, dass ich den Zettel anstrahlte. Und an die Zaubertinte dachte sie wohl auch nicht mehr. Jedenfalls schaute sie regungslos wie eines der hypnotisierten Hühner auf das Geschehen.

„Hey Alter …“, sagte Janik.

Ben steckte das Pendel in seine Hosentasche. „Das

war wohl ein eindeutiger Beweis dafür, dass mein Opa lebt, äh, ich meine, dass er tot ist und trotzdem mit uns reden kann. Wenn auch heute zum letzten Mal.“

Er verneigte sich über dem Zettel, faltete ihn dann zusammen und steckte ihn ebenfalls in seine Hosentasche.

„Hey, warte mal, kann ich noch mal sehen?“, fragte Henry.

Ben schüttelte so heftig den Kopf, dass sein Ringelschwänzchen wackelte wie der Schwanz von einem aufgeregten Hund. „Hast du die Botschaft nicht kapiert? Wir müssen die Toten tot sein lassen. Du hast doch selbst gelesen, was sonst passiert. Ich werde den Zettel verbrennen, damit niemand auf die Idee kommt, weiter nachzuforschen."

Wow, ich hatte es geschafft! Sie glaubten wirklich, der Opa hätte ihnen geschrieben. Komischerweise konnte ich mich gar nicht richtig freuen. Vielleicht, weil ich gerne noch mehr Antworten von diesem Pendel gehört hätte. Zum Beispiel, ob sich auch Herr Kolibri in Tante Karoline verliebt hatte. Und wenn ich ganz ehrlich bin, hätte ich diesem Opa gerne selber noch ein paar andere Fragen gestellt.

Als ich mich später wieder ins Haus schlich, waren überall die Lichter aus. Ich war noch viel zu aufgewühlt, um einschlafen zu können. Darum schlich ich mich in Lollis Zimmer. Das tue ich manchmal, wenn ich sehr aufgeregt bin. Denn es gibt nichts Beruhigenderes als eine schlafende kleine Schwester. Bei besonderer Aufregung, so wie heute, krieche ich auch manchmal unter ihre Decke.

Ich tastete mich also zu ihrem Bett vor und schob die Decke ein Stückchen zur Seite. Was ich da zu sehen bekam, toppte alles, was an diesem Tag geschehen war: Lolli Löffelchen-liegend mit Pavarotti im Bett. Und der Esel trug tatsächlich eine Windel.

# 11

# Frühsport zwischen Seerosen

Obwohl ich in der Nacht nach der Geister-Verbannung von unserem Hof und nach der Esels-Verbannung aus Lollis Bett kaum geschlafen hatte, war ich am nächsten Morgen um sechs Uhr schon wieder wach.

Lolli hatte gar nicht gemerkt, dass ich mich selbst gegen Pavarotti ausgetauscht hatte. Und sie hatte mich genauso fest umschlungen wie ihren geliebten Zwergesel, der nun ohne Windel und mit Flokati zusammen in seiner Hängematte döste.

Ich wand mich also aus Lollis Umklammerung und schlich mich ans Fenster. Die Sonne war eben erst über den Feldern aufgegangen und es war ganz ruhig auf dem Hof. Seit Mensch-ärger-dich-nicht

nicht mehr lebte, waren alle Langschläfer geworden. Tiere und Menschen.

Ich zog meinen Badeanzug an und schlich mich aus dem Haus. Und ich freute mich darauf, den Pool ganz für mich alleine zu haben. Mit Anlauf lief ich auf den Steg und sprang kopfüber hinein. Es fühlte sich toll an, endlich wieder klar im Kopf zu werden. Ich schwamm unter Wasser weiter bis zu den Seerosen.

Als ich auftauchte und mir das Wasser aus den Augen rieb, war der Schreck umso größer: Ich schaute direkt in die stechend blauen Augen von Ben. Sein Kopf war nur wenige Zentimeter von meinem entfernt und ragte zwischen den Seerosen hervor. Ich schnappte nach Luft. „Was machst du denn hier?“, rief ich.

„Dasselbe wie du“, antwortete Ben. „Schwimmen. Ich hab heute bei Janik übernachtet. Aber der schläft noch.“

Ich konnte nicht anders, als automatisch auf den Diamanten zu schauen, der um Bens Hals hing. Dabei wollte ich genau das vermeiden. Und dann hörte ich mich auch noch sagen: „Stimmt es, dass der Diamant aus der Asche von deinem Opa gepresst worden ist?“

Ben nickte. „Ich rede nicht so gerne darüber“, sagte er. „Aber bei dir habe ich ein gutes Gefühl. Ich glaube, du bist offen für solche Sachen und hältst mich nicht für einen Spinner.“

Irgendwie fühlte ich mich auch noch geehrt, weil er so etwas von mir dachte. Von wegen klar im Kopf!

„Da wäre ich mir an deiner Stelle nicht so sicher“, antwortete ich und schwamm zurück zum Steg. Das Bild von dem Diamanten hatte sich in meinem Kopf eingebrannt. Nicht dass dieser Opa mich auch schon verzaubert hatte! Falls es ihn wirklich gab, war er bestimmt sauer auf mich. Vielleicht passierte mir ja jetzt ein Unglück!

Aber eigentlich strahlte der Diamant etwas Schönes, Vertrautes aus. Obwohl er genauso aussah wie der von Tante Karoline, hatte er eine ganz andere Wirkung.

Ich kletterte aus dem Pool und wickelte mich in eines der Handtücher ein, die von gestern noch auf den Liegestühlen lagen. Und dann stand Ben auch schon wieder hinter mir.

„Kann es sein, dass du immer abhaust, wenn du mich siehst?“, fragte er.

Noch während ich über eine Antwort nachdachte, flutschte schon wieder etwas aus meinem Mund, das ich eigentlich gar nicht sagen wollte. „Mir ist deine Kette unheimlich. Vielleicht hat sie ja irgendwelche Fähigkeiten, sodass Leute nicht mehr klar denken können, wenn sie sie sehen. So wie ich jetzt gerade.“

„Echt jetzt?“ Ben lachte mich an, während Poolwasser aus seinem Ringelschwänzchen tropfte wie aus einem undichten Wasserhahn.

Darum musste ich auch ein bisschen lachen.

„Du spürst die Kraft, die von meinem Opa ausgeht?“, fragte er.

„Nein!“, rief ich. „Ich habe nur Angst, dass es eine Kraft geben könnte. Und wer weiß, wie dein Opa so drauf ist. Vielleicht war er ja ein böser alter Mann und kann mich nicht leiden.“

Ben schüttelte verständnislos den Kopf, während ich einfach weiterplapperte. „Also dich mag er bestimmt, du bist ja sein Enkel. Aber vielleicht kann er uns andere hier nicht ausstehen. Ich mag einfach keine komische Macht, von der ich nichts verstehe. Kapierst du das denn nicht?“

„Und wie ich das kapiere!“, antwortete Ben. „Ich hatte auch ganz lange Panik vor der Kette. Auch heute hab ich die manchmal noch. Wenn du willst, trage ich die Kette einfach nicht, wenn ich hier bin.“

Er nahm tatsächlich die Kette ab und steckte sie in die Tasche seiner Hose, die auf der Wiese lag.

„Besser?“, fragte er.

Ich zuckte mit den Schultern und ein kleines bisschen nickte ich dabei.

In dem Moment kam Lolli im Nachthemd aus dem Haus gerannt. „Wo ist Pavarotti?“, rief sie und stürzte in Richtung Hängematte. „Der war die ganze Nacht in meinem Bett, aber jetzt ist der weg!“

Lolli hatte mich tatsächlich für einen Esel gehalten! Schon wieder musste ich lachen und schon wieder schien Ben zu denken, es würde ihm gelten. Jedenfalls zwinkerte er mir zu, als wären wir beide Verbündete.

# 12

# Matheschocker im Eiscafé

Beim Mittagessen, zu dem an diesem Tag auch alle anderen Hofkinder eingeladen waren, erklärte Mama, dass sie sich den ganzen Film aus der Überwachungskamera angeschaut hätte. Und zwar auf ihrem großen Computer. Sie hätte auch im Schnelldurchlauf genau beobachten können, was die Zwergesel so von sich gegeben oder unter sich gelassen hätten.

Und sie könnte uns beruhigen, es wäre gar nichts gewesen.

Dann schaute sie zu Henry, Janik, Sofia und mir. „Ich habe mir sogar die Nacht angesehen. Da waren zwar keine Esel im Pool, aber …“

„In meinem Bett waren die aber auch nicht!“, rief

Lolli dazwischen. „Du kannst ja gucken. Da ist kein bisschen Pipi in meinem Bett."

Mama sah Lolli verwundert an. „Du hast die Esel mit ins Bett genommen?"

„Hab ich gar nicht. Und wenn, dann nur einen. Und nur mit Windel!"

Alle am Tisch mussten so lange und laut lachen, dass Mama ganz vergaß zu erzählen, wen sie sonst noch auf dem Film entdeckt hatte. Und das waren mit Sicherheit Sofia und ich, sowie Henry, Janik und Ben. Vor lauter Aufregung hatten wir doch tatsächlich vergessen, dass wir gefilmt werden, wenn wir nachts draußen herumgeistern.

Aber Mama würde bestimmt noch mal darauf zu sprechen kommen. Hauptsache, sie hatte es Papa nicht erzählt. Denn der war viel strenger als sie. Er hatte uns mal nachts im Schweine-Zirkuswagen erwischt und deswegen richtig Ärger gemacht.

Doch Papa schien nichts zu ahnen, denn er lud uns alle ein, nachmittags mit in die Stadt zu fahren. Er wollte ein Eis spendieren, während er selber zum Zahnarzt musste.

„Na toll, du lässt dir die Löcher aus den Zähnen

bohren, während deine Kinder Süßigkeiten essen!“, sagte Mama. Als Tierärztin ist sie gegen jede Art von Zucker. Bei Tieren und bei Menschen. In dem Punkt ist sie viel strenger als Papa!

Sofia, Katharina, Lolli und ich fuhren trotzdem mit. Die Jungs wollten lieber eine Radtour machen. Wahrscheinlich hofften sie, abwechselnd auf Bens elektrischem Bananensattel durch die Gegend flitzen zu dürfen und sich dabei vorzukommen wie auf einem Motorrad.

In der Stadt war es noch heißer als auf dem Kornblumenhof. Schon nach der Autofahrt dachten wir, ohne Eis keine Minute länger leben zu können. Papa war schon ein bisschen spät dran. Darum gab er mir zwanzig Euro aus seinem Portemonnaie und wünschte guten Appetit.

Wie ein paar Verdurstende in der Wüste schlichen wir zum Café Sehnsucht, das nicht weit von der Zahnarztpraxis entfernt war. Schon durchs Fenster sahen wir die Kühltheke, aus der die bunten Eisberge nur so herausquollen. Köstlich!

Grade als Lolli die Tür aufmachen wollte, schrie

Sofia plötzlich: „Stopp!“, und duckte sich. Sie kauerte sich unter das Schaufenster und verzog das Gesicht.

„Was ist denn? Hast du Bauchschmerzen?“, fragte Katharina.

„Die hat bestimmt einen Sonnenstich“, erklärte Lolli mit erhobenem Zeigefinger. „Mama hat doch gesagt, wir sollen Hüte tragen.“

Tatsächlich war Lolli die Einzige, bei der Mama sich mit ihrer Hut-Versessenheit durchgesetzt hatte. Sie hatte wieder das Modell mit den Schweineohr-Löchern auf dem Kopf.

„Geht da nicht rein!“, flüsterte Sofia. „Und kommt weg von dem Schaufenster!“

Statt ihrer Anweisung zu folgen, schauten wir nun erst recht ins Eiscafé hinein. Und wir entdeckten Tante Karoline in einem zitronengelben Kleid und mit kirschrotem Lippenstift. An ihrem Tisch saß ein Mann. Es handelte sich aber nicht um Herrn

Kolibri, wie man hätte denken können, sondern um ihren „lieben Kollegen“, den Mathelehrer Herrn Dinkelacker!

„Oh nein!“, rief ich, während Lolli ganz zufrieden zu sein schien.

„Seht ihr, Herr Kolibri gehört mir und Tante Karoline bekommt diesen Acker-Mann“, sagte sie.

„Halt die Klappe!“, zischte Sofia. „Und jetzt kommt endlich von der Scheibe weg!“

Katharina verstand gar nichts mehr und wollte auf der Stelle aufgeklärt werden. „Ich gehe hier nicht eher weg, bis ihr mir sagt, was das alles zu bedeuten hat!“

Ich nahm sie und Lolli bei der Hand und zog die beiden in den nächsten Hauseingang. Sofia kroch hinterher. Wir hatten alle rote Köpfe, aber der von Sofia war fast so dunkel wie der Kirsch-Lippenstift von Tante Karoline.

Es dauerte eine Weile, bis wir Katharina die Sache erklärt hatten. Auch weil Lolli ständig dazwischenquatschte und Katharina auf ihre Seite ziehen wollte.

Nachdem unsere Cousine alles erfahren hatte, schauten wir sie erwartungsvoll an. Katharina war die einzige Unbeteiligte in der ganzen Sache. Außerdem ist sie ziemlich schlau, wenn auch etwas besserwisserisch. Ihr Verstand funktioniert genauso zuverlässig wie die alte Wanduhr im Hutzelhaus von Oma und Opa. Kein Wunder – schließlich ist sie die Tochter von Onkel Bernhard. Und der ist Anwalt. Das heißt, er kennt sich mit Recht und Ordnung aus und muss vor Gericht erklären, warum man Verbrecher nicht einfach verurteilen kann. Und warum man ganz genau hinschauen muss, was wirklich passiert.

Lange Rede, kurzer Sinn: Wir hingen an Katharinas Lippen und warteten darauf, dass sie etwas Kluges sagen würde.

„Ich denke, hier geht Gemeinwohl über das Wohl des Einzelnen“, erklärte sie.

Wir starrten sie weiter an, denn keiner von uns hatte verstanden, was sie damit sagen wollte.

„Also, wir wollen doch alle, dass dieser seltsame Vogel da hinten nicht der Mann von Tante Karoline wird. Richtig?“

Wir nickten. Sogar Lolli nickte.

„Darum sollten wir das verhindern, auch wenn

dadurch die Gefahr besteht, dass Tante Karoline sich Herrn Kolibri zuwendet. Und damit wäre ja das persönliche Wohl von Lolli gefährdet."

„Stimmt!", rief meine kleine Schwester und stampfte mit dem Fuß auf. „Aber noch mehr als Herrn Kolibri will ich jetzt endlich ein Eis!"

Katharina grinste. „Dann ist doch alles bestens. Wir gehen jetzt da rein, setzen uns an einen Tisch neben die beiden und benehmen uns so richtig schlecht. Sodass Herr Finkelracker oder wie der heißt gründlich die Lust an Leuten vom Kornblumenhof verliert."

„Au ja!", schrie Lolli. Merkwürdig, dass sie bereit war, ihre große Liebe für ein Eis und einen Streich sausen zu lassen.

Tatsächlich war der Tisch neben Tante Karoline noch frei. Sie schien ganz erfreut zu sein, uns zu sehen. Ganz im Gegensatz zu Herrn Dinkelacker, der die Schweißperlen auf seiner Stirn mit einem großen Stofftaschentuch abtupfte und kaum etwas sagte.

Wir hatten gar keinen richtigen Plan, auf welche Art wir uns schlecht benehmen wollten. Darum dachte sich jede von uns etwas Eigenes aus.

Lolli rülpste ein paar Mal laut. Das hatte Henry ihr beigebracht.

Sofia schwärmte die ganze Zeit von ihrem Vater. „Kennen Sie den, Herr Dingsda-Acker? Er ist der tollste Papa der Welt! Und er sieht sehr gut aus, stimmt's, Mama?"

Karoline nickte und zwinkerte Herrn Dinkelacker zu. Aber der zwinkerte nicht zurück.

Kurz darauf stand ich auf und stieß ganz aus Versehen gegen das Glas von Herrn Dinkelacker, sodass sein Hemd ein paar Bierflecken bekam.

„Was ist denn los mit euch?“, rief Karoline.

Die Einzige, die ganz brav dasaß und ihren Erdbeerbecher auslöffelte, war Katharina. Das war wieder typisch für sie. Sie hat die besten Ideen, doch die Sachen durchziehen ist nicht ihr Ding.

Das Gesicht von Herrn Dinkelacker wurde unterdessen immer länger und schließlich war auch Karolines Geduld am Ende. Jedenfalls zahlte sie für die beiden und meinte, sie müssten jetzt noch zusammen etwas für die Schule erledigen. Mitten in den Ferien!

Als sie gingen, schob Sofia ihren Fuß in Richtung Gang, zog ihn aber sofort wieder zurück. Sie wollte Herrn Dinkelacker doch nicht etwa ein Bein stellen?

„Der geht gar nicht!“, sagte sie, als wir wieder alleine waren. Sie hatte recht, wir mussten etwas unternehmen.

Ich dachte so angestrengt nach, dass ich ganz vergaß, das köstliche Eis zu genießen. Ich löffelte es einfach nur in mich hinein, während die anderen weiter über Herrn Dingsda-Acker lästerten.

Was würde Oma in dieser Situation tun? Auf jeden Fall würde sie niemandem ein Bein stellen oder ein Bier über das Hemd schütten. Sie würde viel feiner vorgehen. Und viel lieber. Genau, wir sollten nicht für Ärger sorgen, sondern für Liebe. Und zwar an der richtigen Stelle!

Ich holte tief Luft. „Ich muss euch etwas sagen!"

Lolli, Sofia und Katharina hörten auf der Stelle auf zu plappern und sahen mich mit großen Augen an.

„Der Opa-Diamant kann vielleicht doch Menschen verzaubern. Auf jeden Fall wirkt er wie ein Magnet und wer ihn trägt, wird automatisch beliebt. Vielleicht sogar verliebt."

„Hä?" Lolli verzog das Gesicht.

„Ich meine, vielleicht wird er sogar so beliebt, dass man sich in ihn verliebt."

Sofia sah mich ungläubig an. „Hast du dich etwa in Ben verknallt?"

„Was geht hier vor?", wollte Katharina wissen.

Ich erzählte den anderen von meiner Aktion mit der Geheimtinte. Alle waren beeindruckt. Alle außer Sofia.

„Hast du sie noch alle?“, rief sie. „Du hast mir einen riesigen Schreck eingejagt. Seit wann erzählen wir uns so wichtige Sachen nicht?“

Ich bat sie tausend Mal um Entschuldigung, aber je mehr ich zugab, dass das nicht ganz in Ordnung gewesen war, desto mürrischer wurde sie.

„Ich dachte, ich müsste dich auch erschrecken. Ich dachte, du wärest Ben und der Kette verfallen, so wie Henry. Ich wollte diesen Opa irgendwie zum Schweigen bringen.“

„Ich bin denen gar nicht verfallen“, zischte Sofia mich an. „Du warst ja nur eifersüchtig!“

„Hä?“, zischte ich zurück.

„Jetzt hört mal auf! Streiten könnt ihr später“, sagte Katharina. „Wieso glaubst du also, der Diamant kann was? Und wie können wir das, was er kann, deiner Meinung nach nutzen?“

Ich erzählte den anderen, wie ich Ben im Pool getroffen hatte. Und wie sehr mich der Diamant beeindruckt hatte. „Nein, ich habe mich nicht verknallt!“, beendete ich meine Rede. „Aber nur, weil Verknallen nicht mein Ding ist. Sonst hätte ich es vielleicht getan.“

Ich sah prüfend zu Sofia hinüber. Sie machte weiter auf beleidigte Leberwurst und verzog keine Miene.

Lolli war inzwischen fertig mit ihrem Eis und schaute zur Kühltheke.

Ich schüttelte den Kopf. „Jeder nur eins!"

„Kommen wir zur Sache. Was ist denn jetzt dein Plan mit dieser Kette?", wollte Katharina wissen.

Ich winkte die drei ein bisschen näher zu mir heran. Es mussten ja nicht alle im Eiscafé erfahren, was wir vorhatten.

„Bens Anhänger sieht ganz genauso aus wie der von Tante Karoline", flüsterte ich. „Und er befindet sich zur Zeit in Bens Hosentasche. Wie wäre es, wenn wir die Anhänger austauschen? Nur für eine kurze Zeit. Und dann könnten wir noch mal Herrn Kolibri einladen. Diesmal müsste Lolli allerdings zugeben, dass sie Hilfe beim Schwimmenlernen braucht. Jedenfalls würde Herr Kolibri sich ganz bestimmt in Karoline verlieben, wenn sie Bens Anhänger trägt. Und dann würde er dafür sorgen, dass Herr Dinkelacker sich vom Acker macht."

Alle nickten, bis auf Lolli. Sie schaute wieder zur

Kühltheke. „Unter einer Bedingung!“, sagte sie und streckte mir ihre kleine, verschwitzte Hand entgegen.

Ich gab ihr zwei Euro für ein zweites kleines Eis und der Handel war perfekt. Jetzt musste ich mich nur wieder mit Sofia vertragen. Und wir mussten es schaffen, dass Ben eine weitere Nacht bei uns schlief. Denn Karoline legte nur nachts ihre Kette ab.

„Du weißt schon, dass das Diamantenraub ist“, sagte Sofia. Ihre Lippen waren immer noch schmal und vom Blaubeereis dunkel eingefärbt. „Und auf Diamantenraub gibt es Gefängnis!“

„Das ist doch nur Tauschen. Und auch nur mal kurz“, erklärte Lolli. „Dafür gibt’s kein Gefängnis. Dafür gibt’s höchstens Hausarrest.“

## 13

# Kettentausch für Karoline

Papa hatte vom Zahnarzt eine Spritze bekommen, sodass seine linke Backe seltsam schlapp herunterhing. Reden konnte er auch nicht so gut.

Auf der Rückfahrt sagte kaum jemand ein Wort. Wir Mädchen waren wohl alle mit den Vorfällen des Nachmittags beschäftigt.

„Was seid ihr denn so still?“, nuschelte Papa.

Ich sah ihn im Rückspiegel. Ein bisschen Spucke lief aus seinem linken Mundwinkel.

„Ihr braucht euch keine Sorgen zu machen, dass ich ein Zombie bleibe. In ein paar Stunden bin ich wieder hergestellt.“

Ich legte ihm eine Hand auf die Schulter und schickte seinem Spiegelbild einen Luftkuss. Der

Arme! Er war total angeschlagen und niemand von uns hatte das so richtig gemerkt. „Puh, dann ist ja gut!“, sagte ich.

Zu Hause verkrümelte ich mich mit Sofia ins Baumhaus. Ich dachte, sie wollte sich wieder mit mir versöhnen, aber sie guckte mich weiter mit diesem verkniffenen Mund und den feindseligen Augen an.

„Katharina hat recht“, sagte sie. „Dieses komische Gemeinwohl ist wichtiger als unser persönliches Wohl. Also ziehen wir das jetzt durch mit dem Diamanten. Und danach können wir uns ja trennen!“

„Trennen?“ Ich verstand nicht ganz, was sie meinte. Liebespaare können sich trennen. Aber doch nicht Cousinen, die gleichzeitig dickste Freundinnen sind und auf einem Hof wohnen!

„Was meinst du mit trennen?“

„Danach machen wir Schluss. Ich brauche eine Auszeit. Ich will wieder frei sein.“

„Aus welchem Liebesfilm hast du das denn?“

„Das ist kein Film. Das ist das wahre Leben. Ich find dich echt blöd.“

„Na gut“, sagte ich. Dabei war das ganz und gar nicht gut. Sofia hatte nicht mehr alle Tassen im

Schrank. Aber das würde noch zu klären sein. Jetzt mussten wir erst mal die Mission Kolibri hinter uns bringen. Und als Missionspartner waren wir fast so gut wie als Freundinnen.

Wir warteten im Baumhaus, bis die Jungs von ihrer Radtour zurückkamen. Dann überredeten wir sie, alle gemeinsam in der Scheune auf ein paar Heuballen zu übernachten. Wir behaupteten, dass wir uns ohne sie nicht trauen würden. Und das war noch nicht mal gelogen.

Ben wollte natürlich mitmachen und er durfte wirklich noch eine Nacht bleiben.

Mama und Papa hatten auch nichts dagegen, das Haus mal eine Nacht für sich alleine zu haben. Und sie erlaubten Lolli sogar, Pavarotti mit ins Heu zu nehmen. Allerdings ohne Windel.

„Schön, dass ihr fragt, statt einfach nachts das Haus zu verlassen“, sagte Mama zu Henry und mir. Ihr Tonfall war scharf und lieb zugleich. Sie kann einfach nicht richtig böse sein. Außerdem freut sie sich immer, wenn wir Mädchen etwas mit den Jungs zusammen machen wollen. Denn das kommt nicht so oft vor.

Auch wenn der Abend in der Scheune nur für den Kettenaustausch geplant worden war, wurde es doch einer der lustigsten Abende des ganzen Sommers. Und ich war froh, dass niemand auf die Idee kam, Bens Opa wieder einzuladen.

Sofia und ich hatten alle Mühe, bis zuletzt wach zu bleiben. Schließlich hatte ich ja in der Nacht davor schon kaum geschlafen. Doch immer wenn ich gerade wegschlummern wollte, stupste sie mich an.

Schließlich waren alle eingeschlafen und ich holte den Diamanten aus Bens Tasche. Sofia schlich sich derweil in die Villa Vanilla und mopste Karolines Kettenanhänger von ihrem Nachttisch. Wir trafen uns im Freien, wo die Übergabe stattfand. Und diesmal machten wir einen großen Bogen um die Überwachungskamera. Alles lief reibungslos. Trotzdem war ich danach so aufgeregt, dass ich nicht mehr einschlafen konnte. Ganz im Gegensatz zu Sofia, die leise vor sich hin schnarchte. Irgendwie schien es ihr gar

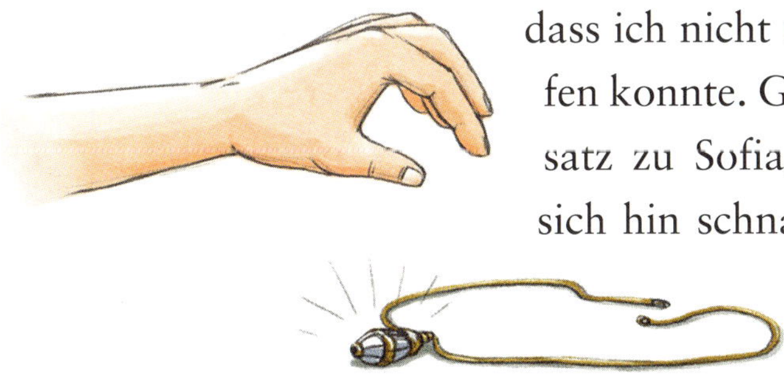

nichts auszumachen, dass bald Schluss zwischen uns sein würde. Das machte mich ganz schön traurig.

Am nächsten Morgen schlief ich umso länger. Ich war die Letzte, die in der Scheune aus ihrem Schlafsack kroch und zum Frühstück kam. Papa hatte für uns alle Brötchen gebacken und den ganz großen Tisch im Hof gedeckt. Er konnte auch wieder sprechen und sogar zubeißen. Aber das Beste war: Tante Karoline trug die Kette mit dem Anhänger und schien nichts gemerkt zu haben. Sie wirkte hübscher und netter denn je. Wäre ich ein Mann und würde ich etwas von der großen Liebe verstehen, dann hätte ich mich an diesem Morgen bestimmt in unsere Tante verliebt!

Nach dem Frühstück wollte Ben nach Hause. Papa meinte, ich sollte ihm aus unserem Hofladen noch ein schönes Stück Käse für seine Eltern mitgeben. Dafür, dass sie uns Ben so lange ausgeliehen hatten. Ben war begeistert und er folgte mir in das kleine Geschäft, in dem wir Dinge verkaufen, die auf dem

Kornblumenhof hergestellt werden. Im Moment war es allerdings geschlossen, sodass Ben und ich ganz alleine vor dem stinkigen Käsekühlschrank standen, in dem es immer ein bisschen nach Ziegenpupsen riecht. Wir schnüffelten so lange an den Käsestücken herum, bis wir eines ohne komischen Geruch fanden.

„Danke!“, sagte er. Dann holte er plötzlich die Kette aus seiner Hosentasche. Ich traute mich kaum weiterzuatmen.

„Irgendetwas stimmt mit meinem Opa nicht“, sagte er. „Ich habe das Gefühl, in der Hosentasche fühlt er sich nicht wohl. Ich spüre ihn gar nicht mehr. Darum trage ich ihn jetzt doch lieber wieder um den Hals. Ich hoffe, du denkst nicht, ich wollte dich hypnotisieren. Aber könntest du mir die Kette hinten zumachen?“

„Ja k…k…klar“, stotterte ich.

Meine Finger zitterten ein bisschen, sodass ich ganz schön lange brauchte, bis ich den Verschluss zusammenbekam.

„Du hast doch nicht wirklich Angst vor der Kette?“, fragte Ben und grinste. „Mein Opa ist total lieb und harmlos. Auch als Geist.“

Dann verabschiedete er sich von uns und fuhr nach Hause.

Nach dem Frühstück folgte Teil zwei unserer Mission. Katharina hatte im Internet die Telefonnummer von Herrn Kolibri herausgefunden. Und Sofia rief ihn an. Ganz ohne zu murren oder zu fragen, ob ich das vielleicht machen könnte.

„Hallo Herr Kolibri. Hier ist Sofia vom Kornblumenhof“, sagte sie mit fester Stimme.

Katharina, Lolli und ich saßen um sie herum und waren gespannt auf jedes Wort, das aus ihrem Mund kam.

„Sie waren doch neulich bei uns, um Lolli Schwimmunterricht zu geben.“ Sofia machte eine kleine Pause. Wahrscheinlich lachte Herr Kolibri sich gerade schlapp. „Also, Lolli tut es so leid, dass sie sich … sagen wir, so seltsam benommen hat. Sie hatte einen leichten Sonnenstich an dem Tag. Und sie würde sehr, sehr gerne von Ihnen Schwimmunterricht bekommen.“

Lolli streckte Sofia die Zunge raus. Aber sie blieb ruhig.

Dann sagte Sofia kaum noch etwas, außer ab und zu „ja, ja“ und „ja, natürlich“.

Als sie aufgelegt hatte, genoss sie noch einen Moment unsere bewundernden Blicke. Und die Spannung, die in der Luft lag.

„Er kommt heute Nachmittag um drei!“, sagte sie schließlich.

Wir jubelten.

Sogar Lolli grinste. „Ich kann mich ja extra blöd anstellen“, sagte sie. „Damit er noch mal wiederkommen muss. Denn eigentlich kann ich ja schon schwimmen.“

Wir nickten und ich nahm meine kleine Schwester in den Arm. „Du kannst super schwimmen und hast es dir ganz alleine beigebracht, du Super-Lolli du.“

Der Nachmittag war ein voller Erfolg und der Diamant funktionierte besser, als wir es uns erträumt hatten. Herr Kolibri, den wir plötzlich Paul nennen sollten, wirkte sehr verliebt. Gleichzeitig war er auch besonders nett zu Lolli. Sie sollte sich wohl auch ein bisschen geliebt fühlen. Er war der geduldigste Schwimmlehrer, den man sich wünschen kann. Die beiden blieben so lange im Wasser, bis ihre Hände und Füße ganz schrumpelig waren.

„Guckt mal, jetzt sind wir Oma und Opa geworden!“, sagte Lolli und zeigte mit ihrem Knitter-Finger auf Paul Kolibris Füße. „Jetzt sind wir gleich alt und können heiraten!“

Alle lachten.

# 14

# Lolli ist die Allerbeste

Abends saßen alle Erwachsenen und alle Kinder im Hof an der großen Tafel und aßen zusammen. Paul Kolibri war immer noch da und saß neben Tante Karoline, die ganz viele Blumensträuße auf den Tisch gestellt hatte. Außerdem hatte sie wieder diese gefährlichen Mochitos vorbereitet. Und für uns Kinder die Moskitos.

Kaum dass wir alle saßen, stand sie plötzlich wieder auf und erhob ihr Glas. „Ich habe euch etwas mitzuteilen“, sagte sie. „Und ich glaube, ihr werdet euch freuen. Weil ja niemand von euch glauben wollte, dass ich gerne Single war.“

Ich schaute zu Sofia, die aufgehört hatte zu atmen.

„Also, Paul und ich, wir haben uns verliebt“, erklärte Tante Karoline. „Und ich glaube, ihr Kinder wart nicht ganz unbeteiligt daran.“

Das war der Moment, in dem Herr Kolibri aufstand und unsere Tante vor allen Augen küsste.

Diesmal war es Lolli, die aufhörte zu atmen.

Nach dem Kuss gab es Applaus, so als hätten die beiden eine Zirkusnummer vorgeführt. Alle klatschten und lachten, außer Sofia und Lolli. Ich machte mir ein bisschen Sorgen um die beiden. Lolli wurde wohl gerade klar, dass sie ihre Chancen bei Herrn Kolibri verspielt hatte. Aber was war mit Sofia? Wollte sie vielleicht doch lieber ihren Vater zurück auf dem Kornblumenhof haben? Oder ihre Mutter für sich alleine? Ich stupste sie an, aber sie schaute nur genervt zu mir rüber und auch in der folgenden halben Stunde wurde ihre Laune nicht besser.

Dann stand sie plötzlich selber auf und klopfte mit einem Löffel gegen ein Glas. So als wollte sie eine Hochzeitsrede halten. Allerdings mit grimmigem Gesicht.

„Ich muss euch auch etwas sagen. Und das ist nicht ganz so schön", verkündete sie. „Mai und ich, wir werden uns trennen!"

„Waas?", rief Tante Karoline.

„Ja leider!", sagte Sofia und setzte sich wieder hin, als wäre alles gesagt.

Ich schaute sie fassungslos an, aber sie ließ meinen Blick eiskalt an sich abperlen.

„Du spinnst doch!", rief ich.

„Hey, hey, hey!", ging Papa dazwischen. „Kann mir mal jemand erklären, was hier vor sich geht?"

Ich sah zu Oma rüber, die in diesen Dingen ja die Klügste von uns allen ist. Sie schloss kurz die Augen und nickte, so als wüsste sie Bescheid und wollte mich beruhigen. Oder bestärken. So ganz schlau wurde ich immer noch nicht aus ihr.

Doch dann ging Lolli plötzlich dazwischen und machte die Sache nur noch schlimmer. Statt einfach nur aufzustehen, sprang sie auf den Tisch. „Das ist alles nur wegen diesem toten Opa!“, rief sie und stampfte so fest mit dem Fuß auf, dass die Mochitos aus ihren Gläsern schwappten. „Nur weil Bens Opa an Tante Karoline hängt, ist Herr Kolibri in *sie* verliebt und nicht in *mich*!“

„Paul“, rief Herr Kolibri dazwischen. „Nennt mich doch Paul!“

Aber Lolli hörte ihn gar nicht.

„Und nur deswegen ist sie nicht mehr mit diesem Pipi-Kaka-Acker zusammen. Das alles ist Sofias und Mais Schuld, weil die die Ketten vertauscht haben. Und dass die sich jetzt trennen wollen, ist mir doch egal. Sollen sie doch! Außerdem hat Mai die Zaubertinte für was Böses eingesetzt. So, jetzt wisst ihrs!“, schrie Lolli, sprang vom Tisch und rannte in Richtung Scheune.

Keiner sagte ein Wort. Und die Wenigsten hatten wohl kapiert, worum es hier überhaupt ging. Keine Ahnung, was in diesem Moment das Richtige gewesen wäre. Aber ich war Lolli zu ähnlich, um jetzt noch beim Reden denken zu können. Die Wahrheit musste raus. Und ich erzählte die ganze Ben-Geschichte von vorne bis hinten. Ich bemühte mich sogar, sie so zu erzählen, wie Oma sie erzählt hätte. Niemand kam richtig schlecht weg in meiner Geschichte. Selbst Sofia nicht, auf die ich

eigentlich total sauer war. Nur Henry warf ich einen bösen Blick zu, als es um Flippi ging.

Während ich sprach, schaute ich immer wieder zu Oma rüber, die mir abwechselnd zuzwinkerte und zunickte. Das machte mir Mut. Und weil ich so in Fahrt war, hielt ich auch noch eine kleine Rede über Lolli, die ich plötzlich viel besser verstand.

„Und wenn irgendjemand jetzt sauer auf Lolli ist oder sie für eine Verräterin hält, dem kann ich nur sagen: Ohne Lolli wäre das Leben hier nur halb so schön und halb so lustig. Und dabei will sie gar nicht witzig sein. Sie spricht einfach nur aus, was sie denkt. Sie kann gar nicht anders als ehrlich sein. Aber wenn sie in die Schule kommt, dann wird sie bestimmt klug und nachdenklich. Und sie wird die Worte nicht mehr verdrehen und nicht mehr alles rausposaunen. Darum müssen wir ihr jetzt noch danken!“

„Halt, stopp!“, rief Mama dazwischen. „Das sind mir zu viele Sachen auf einmal. Können wir vielleicht ein Thema nach dem anderen besprechen?“

Die anderen nickten. Nur Opa und Oma applaudierten.

„Lolli soll ihre Rutsche vom Baumhaus in den Pool bekommen“, rief Henry. „Als Dankeschön!“

Da wurde der Applaus doppelt so laut, weil wir Kinder natürlich mit einstimmten. Ich sah zum Baumhaus hoch, von dessen Fenster aus Lolli uns beobachtete.

„Ich hätte auch noch was“, sagte Tante Karoline. Diesmal stand sie nicht auf.

„Oh Jesus!“, rief Opa. „Ich weiß nicht, ob ich heute noch mehr verkrafte.“

„Keine Sorge!“ Karoline grinste. „Ich trage keinen Toten an meinem Hals. Ben und ich haben die Anhänger heute Morgen wieder ausgetauscht. Glaubt ihr wirklich, wir hätten unsere eigenen Anhänger nicht erkannt? Die beiden sehen sich zwar ähnlich, aber sie sind doch nicht gleich. Wir wollten euch nicht auffliegen lassen, darum haben wir nichts gesagt.“ Dann legte sie ihren Arm um Herrn Kolibri. „Den Paul habe ich trotzdem Sofia und Mai zu verdanken. Denn ihr habt ihn hier hingelockt und wir beiden haben uns sofort ineinander verliebt. Wir wollten es nur noch ein bisschen geheim halten und uns näher kennenlernen.“

Da ging das Fenster des Baumhauses auf. „Und der olle Dinkel-Pups-Mann?“, rief Lolli.

Karoline lachte. „Der arme Herr Dinkelacker?“, sagte sie. „Den habt ihr ganz zu Unrecht in die Flucht geschlagen. Ich wollte nur den Stundenplan fürs nächste Schuljahr mit ihm besprechen.“

Jetzt war ich es, die am liebsten „Halt, Stopp, zu viel Information!“ gerufen hätte.

Opa holte sein Taschentuch heraus und trocknete sich die Stirn damit, so wie Herr Dinkelacker im Eiscafé. Er stöhnte.

Doch Karoline redete einfach weiter. Und zwar über Sofia und mich. Dass sie so glücklich sei über unsere Freundschaft. Und dass wir uns so gut verstünden wie Schwestern.

„Was glaubt ihr, wie oft ich mit meiner Schwester schon Schluss machen wollte“, sagte sie und schaute zu Mama rüber. „Wenn man sich sehr nah steht, ist man auch sehr verletzlich. Das ist die schlechte Nachricht. Die gute Nachricht ist: Die Liebe ist meistens viel stärker!“

Dann nahm sie ihr Glas und prostete erst Sofia, dann mir und dann Herrn Kolibri zu.

Das war mit Abstand der aufregendste Sommerabend aller Zeiten. Nachdem alle alles gesagt hatten, war kaum jemand mehr böse.

Selbst Ben konnte ich plötzlich besser leiden. Obwohl er gar nicht da war und er mich im Hofladen mit seiner Kette ganz schön veräppelt hatte. Und Henry hatte ich auch schon wegen Flippi verziehen.

Schon wieder war so viel passiert, dass ich abends in meinem Bett nicht einschlafen konnte. Den Rest der Ferien brauche ich jetzt wirklich mal Urlaub!, dachte ich.

Da ging plötzlich die kleine Lampe neben meinem Fenster an. Sie hat eine Strippe, an der man ziehen kann. Und die ist mit einem ellenlangen Faden verbunden, der bis runter in den Garten hängt. Damit mich Sofia auch nachts erreichen kann, so wie ich sie, wenn ich mit der Angelschnur die einbeinige Ballerina zum Tanzen bringe.

Ich sprang aus dem Bett und schaute aus dem Fenster. Sofia machte mir Zeichen, dass ich runterkommen sollte. Seit den großen Reden am Tisch hatten wir noch kein Wort miteinander gewechselt.

„Ich muss dir zwei Sachen zeigen", sagte sie, als ich bei ihr ankam. Sie hielt die Taschenlampe von unten gegen ihr Gesicht und sah ziemlich gruselig aus. Ich war mir nicht sicher, ob es etwas Schlimmes oder etwas Schönes sein würde.

Wir schlichen im Nachthemd zur Villa Vanilla. Im Haus war es genauso dunkel wie draußen. Sofia führte mich ins Wohnzimmer und ließ sich aufs Sofa plumpsen. Vorsichtig setzte ich mich neben sie. Dann leuchtete sie auf den Wohnzimmertisch, auf dem ein

Laptop stand. Als sie den Bildschirm anmachte, waren Fotos und Preise von Wasserrutschen zu sehen.

„Hast du schon was für uns rausgesucht?“, fragte ich, ohne allzu freundlich zu klingen. Schließlich war immer noch nicht klar, ob sie noch mit mir Schluss machen wollte.

„Nicht ich“, antwortete Sofia. „Paul war das. Er hat gesagt, er würde uns eine Rutsche spendieren. Weil wir uns so für ihn eingesetzt haben.“

„Echt jetzt?“

Sofia nickte.

„Und soll ich dir noch was zeigen?“, fragte sie.

Wir standen auf und schlichen wieder raus. Ich folgte ihr bis zum Hühnerstall. Monopoli und Co. saßen brav auf ihren Stangen und dösten vor sich hin.

„Sie haben sich wieder beruhigt“, erklärte Sofia. „Ganz von selber, während wir mit unseren eigenen Problemen beschäftigt waren.“

Ich nickte und Sofia leuchtete in die Nester. Überall lag ein Ei drin.

„Die ganze Aufregung nur wegen so einem blöden Mann“, sagte sie.

„Was denn für ein Mann?“

„Na Mensch-ärger-dich-nicht. Nur weil der weg ist, haben sie doch so gestritten.“

„Ach so.“ Ich nickte.

„Und, sollen wir auch?“, fragte Sofia.

„Sollen wir was? Eier legen?“

Das war ein blöder Witz, denn ich wusste ganz genau, was sie meinte. Sofia grinste.

„Ja, sollen wir“, sagte ich. „Es tut mir leid.“

„Mir auch“, sagte Sofia.

Und dann gingen wir einfach wieder zurück. Aber diesmal nahmen wir einen kleinen Umweg an der alten Eiche vorbei. Dort legte ich meinen Arm um Sofia und blickte hoch, genau in die Überwachungskamera. Denn ich wollte, dass von diesem außergewöhnlichen Moment noch ein Foto übrig bleibt, das mich mein Leben lang an ihn und diesen Sommer erinnert.

# Gefährlich lecker: der Moskito-Cocktail

Moskito ist die kleine Schwester von Mochito – das ist ein Cocktail, den manche Erwachsene gerne im Sommer trinken. Moskito klingt zwar gefährlicher als Mochito, es ist aber kein Alkohol drin. Darum kannst du ihn bedenkenlos deinen Freunden servieren, so wie es Tante Karoline beim ersten Pool-Treffen mit Herrn Kolibri tut.

## Rezept für 4 Moskitos

Du brauchst:

- 2 Bund Minze
- 4 Bio-Limetten
- 4 Teelöffel braunen Zucker
- Eiswürfel-Splitter
- 6 Teelöffel Limettensirup (Du kannst auch Minz- oder Maracuja-Sirup nehmen.)
- 600 Milliliter Ginger Ale
- 4 hohe dicke Gläser
- 1 Holzstößel oder 1 Kochlöffel aus Holz
- 4 lange Barlöffel
- 4 Trinkhalme

Zubereitung:

1. Zuerst wird sauber gemacht! Du kannst die Minze unter fließendem Wasser abspülen und dann trockenschütteln. Die Limetten solltest du vorsichtshalber mit heißem Wasser waschen und dann mit einem Handtuch trockenreiben.
2. Um die Limetten noch saftiger zu machen, kannst du sie mit viel Druck auf einem Tisch hin und her rollen. Dann in der Mitte halbieren und jede Hälfte nochmal in zwei oder vier Stücke schneiden.
3. Jetzt kannst du die Limetten zusammen mit der Minze in vier hohe, dickwandige Gläser verteilen und je einen Teelöffel Zucker dazugeben. Wenn du es sehr süß magst, gehen auch zwei Löffel.
4. Mit einem Holzstößel oder dem Stiel von einem dicken Holzlöffel zerstößt du nun die Limetten zusammen mit der Minze. So kommt viel Saft aus den Früchten und verbindet sich gleich mit dem Zucker und dem Aroma aus der Minze.
5. Jetzt füllst du die Gläser mit kleingehackten Eisstückchen (Crushed Ice). Dazu kannst du Eiswürfel in ein Handtuch wickeln und auf dem Tisch zerschlagen. Oder du kaufst fertige Eissplitter im Supermarkt.
6. Zuletzt füllst du den Zwischenraum zwischen dem Eis auf. Und zwar mit einem Schuss Sirup (je nach Geschmack Limette, Minze oder Maracuja) und mit Ginger Ale. Falls du das alles gerade nicht zur Hand hast, geht auch Sprudelwasser.

Jetzt nur noch einen Trinkhalm und einen langen Löffel in jedes Glas stecken und dann hoch die Tassen. Prost!

© privat

Anja Fröhlich wird ab und zu von Mai auf ein Glas selbst gemachte Limonade ins Baumhaus eingeladen. Dort reden die beiden über die wirklich wichtigen Dinge im Leben: Schweinebabys, geniale Opas, wie man eine Kuh reitet oder wie ein Geist in einen Diamanten kommt. Zum Aufschreiben der Abenteuer, die die Kinder vom Kornblumenhof erleben, fährt sie dann aber nach Köln und nimmt sich einen großen Wiesenblumenstrauß für ihren Schreibtisch mit.

© privat

Ulla Mersmeyer karikierte schon in der Grundschule am liebsten ihre Lehrer. Ob sie ihren Schwimmlehrer heiraten wollte wie Lolli Herrn Kolibri, hat sie bisher nicht verraten. Aber noch viel besser als schwimmen kann sie sowieso zeichnen. Das macht sie nach Stationen in Bremen und Berlin nun in ihrem Traumatelier in Münster. Wenn sie Sehnsucht nach Zwergeseln hat oder Schweine kraulen möchte, ist sie auf dem Kornblumenhof jederzeit willkommen.

ISBN 978-3-473-**40315**-8

LESEPROBE

# Wir Kinder vom Kornblumenhof

## Kühe im Galopp

Band 3

„Dieser Sommer soll nie zu Ende gehen!“, hatten wir Kinder vom Kornblumenhof beschlossen. Schon allein, damit wir jeden Tag über unsere neue Baumhausrutsche mit Karacho in den Seerosen landen konnten. Die breiteten sich in unserem Naturschwimmbad schneller aus als die Schnupfenbazillen in unseren Nasen. Denn eigentlich war schon gar kein richtiges Badewetter mehr. Unsere Eltern hatten die Seerosen wohl extra wachsen lassen, um uns das Schwimmen zu vermiesen.

„Ich lass mir das Schwimmen aber nicht verniesen!“, meinte Lolli vor ein paar Tagen beim Abendessen und beendete ihren Protest mit einem lauten Hatschi.

Es gab Mamas berühmte Gesundheitshühnersuppe, die sie immer kocht, wenn es jemanden von uns erwischt hat. Und inzwischen hatte es alle erwischt, inklusive Papa. Während uns Kindern unser Schnupfen nicht so wichtig war, machte Papa daraus ein Riesending. Er sprach von nichts anderem mehr und steckte alle paar Minuten ein Thermometer in seinen Mund.

Papa ist eigentlich ein Kämpfer-Typ. Er kann wilde Bullen einfangen oder bockige Schafe rasieren. Aber wenn er gegen Bazillen kämpfen muss, wird er zum Jammerlappen.

Das Schlimmste war: Er gab uns Kindern die Schuld an seiner „Krankheit“. So als hätten wir absichtlich zu lange gebadet, nur um ihn dann mit unserer Erkältung anstecken zu können!

Mama sagte, sie würde die Rutsche wieder abbauen lassen. Und zwar von unserem Taschengeld, wenn wir nicht endlich aufhören würden, mit laufenden Nasen Eisbäder zu nehmen.

Das hörte sich an, als wäre es bereits Dezember. In Wirklichkeit war es aber September und in zwei Tagen war der erste Schultag. Für Lolli sogar der

allererste Schultag in ihrem Leben und für meine Cousine Sofia und mich der erste Tag auf der Gesamtschule. Dort trieben schon mein Bruder Henry und Sofias Bruder Janik ihr Unwesen. Und auch die Zwillinge Katharina und Karl-Phillip waren auf dieser Schule. Wahrscheinlich hatten die Lehrer bereits Angst vor einem weiteren Schwung Kornblumenhof-Kindern.

In der Nacht vor dem ersten Schultag konnte ich kaum schlafen vor Aufregung, weil ich morgen wieder zu den ganz Kleinen in der Schule gehören würde.

Und weil meine Nase verstopft war. Meine Nasenlöcher schienen mir so winzig zu sein wie die von unserer Katze Samanta, die allerdings gemütlich neben meinem Kopfkissen schnarchte.

Als ich endlich eingeschlafen war, kam Henry in mein Zimmer und rüttelte mich wieder wach. „Mai, ich glaube, da ist ein Mörder auf unserem Dachboden!“, hörte ich ihn flüstern.

„Was? Ein Mörder?“ Ich saß auf der Stelle kerzengerade in meinem Bett.

Henry kicherte. „Kein Mörder, ein Marder! Obwohl Marder natürlich auch Mörder sein können.“

Henry behauptete, er habe so komische Schritte auf dem Dachboden gehört. Und er könnte einfach nicht schlafen, solange irgendein Tier über ihm rumtrampelte.

Der Dachboden ist übrigens der geheimnisvollste Ort in unserem Haus. Angeblich lagert dort nur alter Krempel von den Leuten, die vor uns hier gewohnt haben. Unnützes Zeug, wie Mama und Papa immer behaupten. Sie sind mal dort oben

gewesen, als sie das Haus gekauft hatten. Doch sie können sich nicht erinnern, um welche Art von unnützem Zeug es sich genau handelt. Eins ist allerdings klar: Das, was unsere Eltern für unnütz halten, ist für uns Kinder besonders interessant.

Leider konnten wir bisher nie nachsehen gehen, um welche Art von unnütze Geheimnisse es sich handelt, denn es gibt keine Treppe zum Dachboden. Es gibt nur eine Luke. Das ist eine Art Tür in der Decke von Henrys Dach-Zimmer. Statt einer Türklinke hat sie einen Ring, den man mit einem Haken an einem langen Stiel nach unten ziehen kann. Das Problem ist nur: Dieser magische Haken am Stil ist verloren gegangen und wurde nie wieder gefunden oder nachgekauft. Im Inneren der Tür ist eine Leiter befestigt, die man auseinanderziehen kann – so wie die Scherzartikel-Gabel, mit der Lolli uns immer die Pommes vom Teller klaut. Und über diese Leiter kann man ins Paradies der unnützen Dinge gelangen.

„Nur weil du nicht schlafen kannst, soll ich jetzt auch nicht mehr schlafen?“, knurrte ich. „Wir kommen da sowieso nicht hoch.“

Henry grinste. „Kommen wir doch! Ich habe etwas im Geräteschuppen gefunden. Den Schlüssel sozusagen."

Verschlafen folgte ich Henry in sein Zimmer. Auf keinen Fall sollte er der Erste sein, der die unnützen Schätze sichtete oder sich die besten Sachen unter den Nagel riss. Und genau genommen war es ja eine Ehre, dass er mich bei so einem Abenteuer dabeihaben wollte. Normalerweise macht er solche Dinge nur mit Janik.

In Henrys Zimmer stand allerdings bloß eine alte, dreckige Mistgabel.

„Willst du die Luke etwa mit dem Ding aufbrechen?", fragte ich.

Henry zog die Augenbrauen hoch und zeigte auf das Ende des Stiels, an dem ein Haken zum Aufhängen befestigt war. Er schien perfekt in den Ring an der Luke zu passen.

„Cool!", sagte ich. „Wir können ja morgen mal nachsehen gehen. Überhaupt hättest du mir das Ganze auch morgen erzählen können. Wenn ich ausgeschlafen bin."

Aber Henry bestand darauf, den Marder jetzt auf

der Stelle zu suchen. „Marder sind nachtaktiv, verstehst du?“

Er steckte den Haken der alten Mistgabel in den Ring und zog. Knarzend öffnete sich die Luke und die Leiter kam uns entgegengerutscht. Vorsichtig stiegen wir Stufe für Stufe in das stickige und muffige Zuhause des Mörder-Marders. Gottseidank fanden wir wenigstens einen Lichtschalter. Vor uns lag eine Landschaft aus alten Kisten, Koffern und seltsamen Geräten. Alles war mit einer dicken, flauschigen Staubschicht überzogen.

„Sieht aus, als hätte es Mäusehaare geschneit“, sagte Henry.

„Und Mäuseköttel auch“, kicherte ich. In den Gängen zwischen dem Gerümpel lagen nämlich überall verräterische schwarze Knödel. „Von wegen Marder!“

Wir bahnten uns einen Weg bis zur Giebelwand, an der ein seltsamer Turm stand. Genauer gesagt eine Pyramide. Erst als wir näherkamen, erkannten wir die zehn Pferdesättel, die der Größe nach übereinander gestapelt waren. Der unterste Sattel schien einem Ackergaul gehört zu haben und der oberste einem Zwergpony. An der Wand hing das dazugehörige Zaumzeug. Auch Reiterstiefel und alte Kappen lagen herum. Alles mit diesem Mäuse-Grau überzogen.

„Ob das alles morsch ist?“, fragte ich.

Henry rieb mit dem Finger an einem Sattel herum. „Nein, alles noch top in Form. Fehlen uns nur noch ein paar Pferde, und wir können einen Reiterhof aufmachen.“

Er hatte recht: Unter dem Staub kam dickes, glänzendes Leder zum Vorschein.

Von dem Mörder, der erst zum Marder und dann zur Maus geworden war, wurde gar nicht mehr gesprochen. Die Idee, dass wir Pferde haben könnten, war viel zu aufregend. Und als ich später wieder neben Samanta lag, konnte ich erst recht nicht mehr schlafen.